人生文丛 | 林贤治 主编

热烈人生

郭沫若 著

SPM 南方传媒 | 花城出版社

中国·广州

图书在版编目（ＣＩＰ）数据

热烈人生 / 郭沫若著. -- 广州 ：花城出版社，
2024.1
（人生文丛 / 林贤治主编）
ISBN 978-7-5360-9495-6

Ⅰ．①热… Ⅱ．①郭… Ⅲ．①散文集－中国－现代
Ⅳ．①I266

中国版本图书馆CIP数据核字(2022)第027875号

出 版 人：张　懿
特邀编辑：佘红梅
项目统筹：揭莉琳　邹蔚昀
责任编辑：欧阳佳子
责任校对：衣　然
技术编辑：凌春梅
封面绘图：老　树
装帧设计：姚　敏

书　　名	热烈人生
	RELIE RENSHENG
出版发行	花城出版社
	（广州市环市东路水荫路 11 号）
经　　销	全国新华书店
印　　刷	佛山市迎高彩印有限公司
	（佛山市顺德区陈村镇广隆工业区兴业七路 9 号）
开　　本	880 毫米 ×1230 毫米　32 开
印　　张	9.125　2 插页
字　　数	170,000 字
版　　次	2024 年 1 月第 1 版　2024 年 1 月第 1 次印刷
定　　价	48.00 元

如发现印装质量问题，请直接与印刷厂联系调换。
购书热线：020-37604658　37602954
花城出版社网站：http://www.fcph.com.cn

人生
文丛 | 看纷纭世态
读各色人生

写在"人生文丛"新版之前

20世纪90年代初，受出版社之邀，编选了"人生文丛"，计二十种。恰逢第四届全国书市在广州举办，这套丛书成了场上的"骄子"，被评为"十大畅销书"之一。此后一段时间，一版再版，受欢迎的程度超乎出版人的预想。其时，坊间腾起一股"散文热"。若果"人生文丛"算不上引燃物的话，至少，它提供的柴薪是增添了不少热量的。

五四开启了一个时代，星汉灿烂，人才辈出。新文学第一代作家的坚实的创作实践，奠定了"艺术为人生"的原则，影响至为深远。"人生文丛"乃从五四后三十年间，遴选有代表性的二十位作家的非虚构作品，也即我们惯称的散文，自然是广义的散文，除了一般的叙事之作，还包括演讲稿，以及带有隐私性质的日记、书信等。这些文字，烙上作者各自的人生印记，不同的思想和艺术个性，真诚、真实、真切，俾普通读者——英国作家伍尔夫郑重地使用了这个词，以它为一本文学评论集命名——借由文学更好地体察社会，思考人生，并从中获得美学的熏陶。

文丛初版时，编者分别使用了一个虚拟的"何氏家族"成员的代名。此次重版，恢复了编者的本名。

　　由于版权变易，初版时的林语堂、巴金已为丁玲、萧红所代替。单从人生富含的文化价值看，后者的意蕴恐怕更深。同样出于版权关系，未予收入张爱玲，这是可遗憾的。无论读文学，读人生，张爱玲都是不容忽略的。

　　新版"人生文丛"，对胡适、郭沫若、冰心、丰子恺等作家，各有篇幅不等的增订。私心里，总是期望选本能够尽善尽美，以贡献于广大读者之前，虽然自知这是很艰难的事。

编者

2023年6月

编辑者说

20世纪初，郭沫若"立在地球边上放号"，以热情奔放的声音，迎来了中国诗歌的解放期。他的《女神》，被公认为中国自由诗的开山之作。此后，说到他的文学成就，人们也就往往首推他的诗歌。其实，《女神》之后，他诗作的质量并不高，借用他的话，可以说是时代的"粗糙的剪影"；最好的倒是戏剧，其次是散文。——作为一个本色诗人，他已经把天赋的敏感与激情，过早地分给无须分行的文字里了。

在中国现代散文中，有两位诗人的作品是一气贯注，文不加点的：一个是徐志摩，再一个就是郭沫若。

郭沫若，1892年出生于四川嘉定府乐山县沙湾镇一个地主兼营商业的家庭。原名郭开贞，号尚武，乳名文豹，笔名除郭沫若外，常用的还有麦克昂、郭鼎堂、石沱、高汝鸿、羊易之等。

1906年春，郭沫若入读乐山县高等小学。1907年升入乐山县中学堂，大量阅读林琴南的译述小说。1909年秋，因参加罢课，被学校开除。1910年春转至省城成都，插入四川官立高等分设中学堂。1912年，在母亲包办下成婚。1913年考入成都高等学校，同年考取天津陆军军医学校，未就学。1914年，正值其大哥的朋友赴日，遂相随到了日本。

1914年7月，考入东京第一高等学校特设预科，与郁达夫、张资平等成为同学，一年后毕业。1915年秋，入冈山第六高等学校第三部医科读书，得以结识成仿吾，并开始广泛阅读外国文学作品，从此如他所说，在文学基地上种下了根，以致不知不觉间发出枝干，把早先的医学嫩芽掩盖了。

1916年夏，与医院的一位护士佐藤富子（安娜）相识，由热恋而同居。1918年夏，入九州帝国大学医科大学。1921年6月，与成仿吾、郁达夫等成立创造社。1923年春，毕业于九州帝国大学医学部后，挈妇将雏返回上海。1924年春再度迁日，同年冬返国。

1926年3月，应邀赴广州就任广东大学文科学长，结识了一批中国共产党的早期领导人。1927年8月，参加南昌起义，撤退途中由周恩来、李一氓介绍加入中国共产党。起义失败后，复携眷到日本，开始研究古文字和古代史达十年之久。1937年7月，只身秘密返回上海，参加抗日；年底由上海转至香港，认识于立群，次年结婚。1941-1943

年间，完成《棠棣之花》《屈原》《虎符》等六部历史剧，代表了中国现代历史剧创作的最高成就。中华人民共和国成立后，郭沫若继续从事文史研究和文学创作，同时担负着国家事务、科学文化教育和国际交往等方面的领导工作，曾担任中央人民政府委员、政务院副总理兼文化教育委员会主任、中国科学院院长、中国科学院哲学社会科学部主任、历史研究所第一所所长、中国科学技术大学校长、中日友好协会名誉会长等重要职务。1978年6月，病逝于北京。

他的散文创作甚丰，收集的有《橄榄》《水平线下》《山中杂记》《今津纪游》《羽书集》《蒲剑集》《今昔集》《沸羹集》《天地玄黄》《抱箭集》等。

同许多接受西方浪漫主义文学影响的作家一样，郭沫若有不少散文常有自传性质。其中，《芭蕉花》《月蚀》《梦与现实》热烈而深挚，是现代散文中最出色的篇章。《漂流三部曲》有的书将其选作小说，无论内容和结构，划归散文似更合适些。其实，以郭沫若的气质论，他是写不好小说的。他根本没有心思和耐性去营造紧凑的故事，甚至连文章的传统式节奏也不加讲究，只是一味地抒写自己，夹沙泥俱下，却不失江河气派。

创造社诸君子最先是主张"为艺术而艺术"的。郭沫若的早期散文，便明显留有这方面的痕迹，注重情调而流于感伤。鲁迅评之为"新才子派",貌似苛刻,却是确当的。但不久,郭沫若便高张"革命文学"的旗帜。从审美的角度看,他早期的文字富于文采,艺术性更高。

集子《路畔的蔷薇》和《芍药及其他》中所收的抒情短章是极其漂亮的。郭沫若散文的滥情的缺点,在短小的篇制中自然得到克服;而诗人的情愫,正好借蔷薇、芍药、银杏、清泉、白鹭等等美好的事物而闪射了光辉。

"无情的生活一天一天地把我逼到十字街头,像这样幻美的追寻,异乡的情趣,怀古的幽思,怕没有再来顾我的了!"郭沫若曾经这样表白说。实际上,推动他告别了象牙之塔而走向十字街头的,主要是轰轰作响的大时代。于是,在他的散文中,后来也就出现了许多富于战斗气息的篇章。《请看今日之蒋介石》,义正词严,震动一时;此外不少杂感,以文史知识结合斗争现实,锋芒不减,实在是更耐读的文字。

总之,郭沫若是一个卓具风格的散文大家。较之其他作家,虽然未免有欠修整而失之粗糙的地方,但却明显地以气质取胜。对成就一个作家而言,气质是难得的。

目 录

第二辑

山川与踪迹

第三辑

感悟与情思

第一辑

岁月与怀想

你们的生命是比我长久的，
我的骨化成灰，肉化成泥时，我
的神魂是藉着你们永在。

芭蕉花

　　这是我五六岁时的事情了。我现在想起了我的母亲，突然记起了这段故事。

　　我的母亲66年前是生在贵州省黄平州的。我的外祖父杜琢章公是当时黄平州的州官。到任不久，便遇到苗民起事，致使城池失守，外祖父手刃了四岁的四姨，在公堂上自尽了。外祖母和七岁的三姨跳进州署的池子里殉了节，所用的男工女婢也大都殉难了。我们的母亲那时才满一岁，刘奶妈把我们的母亲背着已经跳进了池子，但又逃了出来。在途中遇着过两次匪难，第一次被劫去了金银首饰，第二次被劫去了身上的衣服。忠义的刘奶妈在农人家里讨了些稻草来遮身，仍然背着母亲逃难。逃到后来遇着赴援的官军才得了解救。最初流到贵州省城，其次又流到云南省城，倚人庐下，受了种种的虐待，但是忠义的刘奶妈始终是保护着我们的母亲。直到母亲满了四岁，大舅赴黄平收尸，便道往云南，才把母亲和刘奶妈带回了四川。

　　母亲在幼年时分是遭受过这样不幸的人。

　　母亲在15岁的时候到了我们家里来，我们现存的兄弟姊妹共有八人，听说还死了一兄三姐。那时候我们的家道寒微，一切炊洗洒扫要和妯娌分担，母亲又多子息，更受了不少的累赘。

白日里家务奔忙，到晚来背着弟弟在菜油灯下洗尿布的光景，我在小时还亲眼见过，我至今也还记得。

母亲因为这样过于劳苦的原故，身子是异常衰弱的，每年交秋的时候总要晕倒一回，在旧时称为"晕病"，但在现在想来，这怕是在产褥中，因为摄养不良的关系所生出的子宫病罢。

晕病发了的时候，母亲倒睡在床上，终日只是呻吟呕吐，饭不消说是不能吃的，有时候连茶也几乎不能进口。像这样要经过两个礼拜的光景，又才渐渐回复起来，完全是害了一场大病一样。

芭蕉花的故事是和这晕病关连着的。

在我们四川的乡下，相传这芭蕉花是治晕病的良药。母亲发了病时，我们便要四处托人去购买芭蕉花。但这芭蕉花是不容易购买的。因为芭蕉在我们四川很不容易开花，开了花时乡里人都视为祥瑞，不肯轻易摘卖。好容易买得了一朵芭蕉花了，在我们小的时候，要管两只肥鸡的价钱呢。

芭蕉花买来了，但是花瓣是没有用的，可用的只是瓣里的蕉子。蕉子在已经形成了果实的时候也是没有用的，中用的只是蕉子几乎还是雌蕊的阶段。一朵花上实在是采不出许多的这样的蕉子来。

这样的蕉子是一点也不好吃的，我们吃过香蕉的人，如以为吃那蕉子怕会和吃香蕉一样，那是大错而特错了。有一回母亲吃蕉子的时候，在床边上挟过一箸给我，简直是涩得不能入口。

芭蕉花的故事便是和我母亲的晕病关连着的。

我们四川人大约是外省人居多，在张献忠剿了四川以后——四川人有句话说："张献忠剿四川，杀得鸡犬不留"——在清初时期好像有过一个很大的移民运动。外省籍的四川人各有各的会馆，便是极小的乡镇也都是有的。

我们的祖宗原是福建的人，在汀州府的宁化县，听说还有我们的同族住在那里。我们的祖宗正是在清初时分入了四川的，卜居在峨眉山下一个小小的村里。我们福建人的会馆是天后宫，供的是一位女神叫做"天后圣母"。这天后宫在我们村里也有一座。

那是我五六岁时候的事了。我们的母亲又发了晕病。我同我的二哥，他比我要大四岁，同到天后宫去。那天后宫离我们家里不过半里路光景，里面有一座散馆，是福建人子弟读书的地方。我们去的时候散馆已经放了假，大概是中秋前后了。我们隔着窗看见散馆园内的一簇芭蕉，其中有一株刚好开着一朵大黄花，就像尖瓣的莲花一样。我们是欢喜极了。那时候我们家里正在找芭蕉花，但在四处都找不出。我们商量着便翻过窗去摘取那朵芭蕉花。窗子也不过三四尺高的光景，但我那时还不能翻过，是我二哥擎我过去的。我们两人好容易把花苞摘了下来，二哥怕人看见，把来藏在衣袂下同路回去。回到家里了，二哥叫我把花苞拿去献给母亲。我捧着跑到母亲的床前，母亲问我是从甚么地方拿来的，我便直说是在天后宫掏来的。我母亲听了便大大地生气，她立地叫我们跪在床前，只是连连叹气地说："啊，娘生下了你们这样不争气的孩子，为娘的倒不如病死的好了！"我们都哭了，但我也不知为甚么事情要哭。不一会父亲晓得了，他又把我们拉去跪在大堂上的祖宗面前打了我们一阵。我挨掌心是这一回才开始的，我至今也还记得。

我们一面挨打，一面伤心。但我不知道为什么该讨我父亲、母亲的气。母亲病了要吃芭蕉花，在别处园子里掏了一朵回来，为甚么就犯了这样大的过错呢？

芭蕉花没有用，抱去奉还了天后圣母，大约是在圣母的神座前干掉了罢？

这样的一段故事，我现在一想到母亲，无端地便涌上了心来。我现在离家已十二三年，值此新秋，又是风雨飘摇的深夜，天涯羁客不胜落寞的情怀，思念着母亲，我一阵阵鼻酸眼胀。

啊，母亲，我慈爱的母亲哟！你儿子已经到了中年，在海外已自娶妻生子了。幼年时摘取芭蕉花的故事，为甚么使我父亲、母亲那样的伤心，我现在是早已知道了。但是，我正因为知道了，竟失掉了我摘取芭蕉花的自信和勇气。这难道是进步吗？

未 央

　　爱牟好像一个流星坠落了的一样，被他的大的一个儿子的哭声，突然惊醒了转来。他起来，昏昏朦朦地，抱了他在楼上盘旋了好一会，等他的哭声止了，他们又才一同睡下去。

　　他这个儿子已经满了三岁，在十阅月前早已做了哥哥，所以不得不和爱牟同寝。因为在母胎内已经饱受了种种的不安；产后营养又不十分良好；长大了来，一出门去便要受邻近的儿童们欺侮，骂他是"中国佬"[①]，要拿棍棒或投石块来打他：可怜才满三岁的一个小儿，他柔弱的神经系统，已经深受了一种不可疗治的创痍。他自从生下地后，每到夜半，总要哭醒几回。哭醒之后，圆睁着两个眼儿，口作喧嚷之声握着两个小小的拳头在被絮上乱打。有时全无眼泪地干哭。有时哭着又突然嬉笑起来。诸如此类。在最短的时限中，表现出种种变化无常毫无连络的兴奋状态。

　　见他儿子这么可怜，早是神经变了质的爱牟，更不免时常心痛，他的女人因为要盘缠家政，又要哺乳幼儿，一个人周转

────────────

　　① Chankoro，日本人骂中国人的惯用语。——作者注

不来，所以爱牟不免要牺牲——在他心中是这么作想——他些时间，每逢没课的时候，便引着他的大儿，出向海边或邻近地方去走走。

他们的寓所，是在一座渔村之中。村之南北，有极大的松林沿海而立。跨出寓所，左转，向西走去时，不上百步路远，便可以到达海岸。海面平静异常，砂岸上时常空放着许多打鱼的船舶。每当夕阳落海时，血霞浣天，海色猩红，人在松林中，自森森的树柱望出海面时，最是悲剧的奇景。在这时候，爱牟每肯引他大儿出来，在砂岸上闲步。步着，小儿总爱弓起背去拾拣砂上的蚌骸，拣一个交一个在爱牟手里。弄得爱牟两手没有余地时，他又悄悄地替他丢了。爱牟沿路走着，沿路替他儿子指说些自然现象：时或摘朵野花来分析花蕊，时或捉个昆虫来解剖形骸，时或指着海上打鱼去的船只，打鱼回的船只，便用一种沉抑的声音向他儿子说道："大儿，你爹爹的故乡是在海那边，远远的海那边，等你长大了之后，爹爹要带你回去呢。"小儿若解若不解地，只是应诺。有时不想走的时候，便坐在沙岸上，随手画些鱼儿兔儿，他的儿子也弓起背来先画一个橄榄形，在其任一端凿出个小洞，便洋洋得意地说道："爹爹，鱼儿。"他们就此也能彼此相慰。

寓所近旁有座古庙。庙前古松参天，大多是百年前的故物，树荫中茶舍两三家，设茶榻树下，面草席坐褥于其上，以供游人休息之所。庙门古拙，屋顶有白鸽为巢。门侧井屋一橼，复盖一眼井水，一瓮清泉，以供拜神者净手之用。屋顶驯鸽，时时飞下地来，啄食游人所投米谷；或则飞到井水旁边，在水瓮中浴沐饮水。此地爱牟以为颇有诗趣，所以也肯带着他的儿子走来。来时随带米麦一囊，父子两人走至庙前，把米麦投在地上，鸽子便一只飞来，两只飞来，三只飞来，飞来得愈多，小儿便欢喜得在鸽群中跳舞起来。

爱牟近来更学会了一种技艺了。

他们在白天游玩了之后，一到夜半来，他的大儿依然还是要哭醒。他等他哭醒的时候，便把他们白日所见，随口编成助睡歌唱给他听，他听了，也就渐渐能够安睡了：从前要隔过三两钟头才能睡熟的，如今只消隔得个把钟头的光景了。儿子也很喜欢听，每逢他疲倦得不堪，不肯唱的时候，他偏要叫他唱，唱着唱着，他比小儿早睡去的时候也有。

今晚他大儿睡醒转来，他把他诓好，一同睡下去了之后，他也叫他唱歌。他也就拖着他感伤的声音唱了起来。他唱道：

一只白鸽子

飞到池子边上去，

看见水里面

一匹鲜红的金鱼儿。

鸽子对着鱼儿说：

"鱼儿呀！鱼儿！
　　你请跳出水面来，
　　飞向空中游戏！"

　　鱼儿听了便朝水外钻，
　　但总钻不出来。

　　鱼儿便对鸽子说：
　　"鸽子呀！鸽子！
　　你请跳进水里来，
　　浮在藻中游戏！"

　　鸽子听了便朝水里钻，
　　但总钻不进去。

　　拖长声音，反复地唱了又唱。唱一句，小儿赞诺一声，唱到后来，小儿的意识渐渐朦胧，赞诺的声音渐渐低远，渐渐消沉，渐渐寂灭了。

　　天天如是，晚晚如是，有时又要听他小的一个婴儿啼饥的声音，本来便是神经变了质的爱牟，因为睡眠不足，弄得头更昏，眼更花，耳更鸣起来。——他的两耳，自从十七岁时患过一场重症伤寒以来，便得下了慢性中耳加答儿①，常常为耳鸣重听所苦，如今将近十年，更觉得有将要成为聋聩的倾向了。

大儿睡去了之后，他自己的睡眠不知道往哪里去了。幼时睡在母亲怀里的光景，母亲念着唐诗，搔着自己的背儿入睡的光景，如像中世纪的一座古城，俨然浮在雾里。啊，那种和蔼的天乡；那是再也不能恢复转来的了！……辗转了好一会，把被里的空气弄得冰冷了，他又一纳头蒙在被里，闭了眼睛只顾养神——其实他的"神"，已经四破五裂，不在他的皮囊里面了。他自己觉得他好像是楼下腌着的一只猪腿，又好像前几天在海边看见的一匹死了的河豚，但是总还有些不同的地方。他觉得他心脏的鼓动，好像在地震的一般，震得四壁都在作响。他的脑里，好像藏着一团黑铅。他的两耳中，又好像有笑着的火焰。他的腰椎，不知道是第几个腰椎，总隐隐有些儿微痛。

突然一声汽笛，劈空而鸣。接着一阵轰轰的车轮声，他知道是十二点钟的夜行火车过了。远远有海潮的声音，潮音打在远岸，在寒冷的夜空中作了一次轮回，又悠然曳着余音渐渐消逝。儿子们的呼吸声、睡在邻室的他女人的呼吸声，都听见了。他自己就好像沉没在个无明无夜的漆黑的深渊里一样。

---

① 英语Catarrhal的译音，医学名词，指发生于黏膜的一种炎症。慢性中耳加答儿，即慢性中耳黏膜炎。

月　蚀

八月二十六日夜，六时至八时将见月蚀。

早晨我们在新闻上看见这个预告的时候，便打算到吴淞去，一来想去看看月亮，二来也想去看看我们久别不见的海景。

我们回到上海来不觉已五阅月了。住在这民厚南里里面，真真是住了五个月的监狱一样。寓所中没有一株草木，竟连一抔自然的地面也找不出来。游戏的地方没有，空气又不好，可怜我两个大一点的儿子瘦削得真是不堪回想。他们初来的时候，无论甚么人见了都说是活泼肥胖；如今呢，不仅身体瘦削得不堪，就是性情也变得很乖僻的了。儿童是都市生活的barometer①，这是我此次回上海来得的一个唯一的经验。啊！但是，是何等高价的一个无聊的经验呢！

几次想动身回四川去，但又有些畏途。想到乡下去生活，但是经济又不许可。呆在上海，连市内的各处公园都不曾引他

————————

① 晴雨表。

们去过。我们与狗同运命的华人①，公园是禁止入内的。要叫我穿洋服我已经不喜欢，穿洋服去是假充东洋人，生就了的狗命又时常同我反抗。所以我们到了五个月了，竟连一次也没有引他们到公园里去过。

我们在日本的时候，住在海边，住在森林的怀抱里，真所谓清风明月不用一钱买，回想起那时候的幸福，倍增我们现在的不满。我们跑到吴淞去看海，——这是我们好久以前的计划了，但只这么邻近的吴淞，我们也不容易跑去，我们是太为都市所束缚了。今天我要发誓：我们是定要去的，无论如何是定要去的了，坐汽车去罢？坐火车去罢？想在午前去，但又怕热，改到午后。

小孩子们听说要到海边，他们的欢喜真比得了一本新买的画本时还要加倍。从早起来便预想起午后的幸福，一天只是跳跳跃跃的，中午时连饭都不想吃了。因为我说了要到五点时才能去，平常他们是全不关心的时钟，今天却时时去瞻望，还莫到五点！还莫到五点！长的针和短的针动得分外慢呢！

好容易等到了五点钟，我们正要准备动身的时候，突然来了一个朋友，我们便约他同去。我跑到静安寺旁边汽车行里问

---

① 以前上海租界各处公园门口悬有牌示，写明"狗与华人禁止入内"。

问车费。

不去还好了，跑了一趟去问，只骇得我抱头鼠窜地回来。说是单去要五块！来回要九块！本是穷途人不该应妄想去做邯郸梦。我们这里请的一位娘姨辛辛苦苦做到一个月，工钱才只三块半呢！五块！九块！

我跑了回来，朋友劝我不要去。他说到吴淞去没有熟人，坐火车的时候把钟点错过了很麻烦的，况且又要带着几个小孩子，上车下车真是够当心。要到吴淞时，顶小的一个孩子又不能不带去。

啊，罢了，罢了！我们的一场高兴，便被这五块九块打坏得七零八碎了！可怜我们等了一天的两个小儿，白白受了我们的欺骗。

朋友走的时候，已经将近七点钟了。

没有法子，走到黄浦滩公园去罢，穿件洋服去假充东洋人去罢！可怜的亡国奴！我们连亡国奴都还够不上，印度人都可以进出自由，只有我们华人是狗！……

满肚皮的愤慨没处发泄，但想到小孩子的分上也只好忍忍气，上楼去学披件西洋人的鬼皮。

我们先把两个孩子穿好，叫他们到楼下去等着。出了一身汗，套上一件狗穿洞的衬衫。我的女人在穿她自己手制的中国料的西服。

——"为甚么，不穿洋服便不能去吗？"她问了我一声。

——"不能。穿和服也可以，穿印度服也可以，只有中国衣服是不行的。上海几处的公园都禁止狗与华人入内，其实狗倒可以进去，人是不行，人要变成狗的时候便可以进去了。"

我的女人她以为我是在骂人了，她也助骂了一声："上海市上的西洋人怕都是些狼心狗肺罢！"

——"我单看他们的服装，总觉得他们是一条狗。你看，这衬衫上要套一片硬领，这硬领下要结一根领带，这不是和狗颈上套的项圈和铁链是一样的么？"——我这么一说，倒把我的女人惹笑了。

哈哈，新发见！在我的话刚好说完的时候，我的心中突然悟到了一个考古学上的新发见。我从前在甚么书上看过，说是女人用的环镯，都是上古时候男子捕掳异族的女人时所用的枷镣的蜕形；我想这硬领和领带的起源也怕是一样，一样是奴隶的徽章了。弱族男子被强族捕掳为奴，项带枷锁；异日强弱易位，被支配者突然成为支配者，项上的枷锁更变形而为永远的装饰了。虽是这样说，但是你这个考古的见解，却只是一个想象，恐怕真正的考古专家一定不以为然。……然不然我倒不管，好在我并不想去作博士论文，我也不必就戚戚于去求出甚么实证。……

在我一面空想，一面打领带结子的时候，我的女人早比我先穿好，两个小孩儿在楼下催促得甚么似的了。啊，究竟做狗也不容易，打个结子也这么费力！我早已出了几通汗，领带结终竟打不好，我只好敷敷衍衍地便带着他们动身。

走的时候，我的女人把第三的一个才满七个月的儿子交给娘姨，还叮咛了一些话。

我们从赫德路上电车，车到跑马厅的时候，月亮已经现在那灰青色的低空了。因为初出土的缘故，看去分外的大，颜色也好像落日一样作橙红色，在第一象限上有一部分果然是残缺了。

二儿最初看见，他便号叫道："Moon！Crescent moon！"[1]他还不知道是月蚀，他以为是新月了。

小时候每逢遇着日月蚀，真好像遇着甚么灾难的一样。全村的寺院都击钟鸣鼓，大人们也叫我们在家中打板壁作声响。在冥冥之中有一条天狗，想把日月食了，击钟鸣鼓便是想骇去那条天狗，把日月救出。这是我们四川乡下的俗传，也怕是我们中国自古以来的传说。小时读的书上，据我所能记忆的说，《周礼》《地官》《鼓人》[2]救日月则诏王鼓，春官太仆[3]也赞王鼓以救日月，秋官庭氏[4]更有救日之弓和救月之矢。《谷梁传》上也说是天子救日陈五兵五鼓，诸侯三兵三鼓，大

---

① "月！新月！"
② 此处应为《周礼·地官·鼓人》。
③ 此处应为《周礼·春官·太仆》。
④ 此处应为《周礼·秋官·庭氏》。

夫击门，士击柝。这可见救日月蚀的风俗自古已然。北欧人也有和这绝相类似的神话，他们说：天上有二狼，一名黑蹄（Hati），一名马纳瓜母（Managarm），黑蹄食日，马纳瓜母食月，民间作声鼓噪，以望逐去二狼救出日月。

这些传说，在科学家看来，当然会说是迷信；但是我们虽然知道月蚀是由于地球的掩隔，我们谁又能把天狗的存在否定得了呢？如今地球上所生活着的灵长，不都是成了黑蹄和马纳瓜母，不仅是吞噬日月，还在互相啮杀么？

啊呵，温柔敦厚的古之人！你们的情性真是一首好诗。你们的生命充实，把一切的自然现象都生命化了。你们互助的精神超乎人间以外，竟推广到了日月的身上去。可望而不可及的古之人，你们的鼓声透过了几千万重的黑幕，传达到我耳里来了！

啊，我毕竟昧了我科学的良心，对于我的小孩子们说了个天大的谎话！我说："那不是新月，那是有一条恶狗要把那圆圆的月亮吃了。"

二儿的义愤心动了，便在电车上叱咤起来："狗儿，走开！狗儿！"

大的一个快满六岁的说："怕是云遮了罢？"

我说："你看，天上一点云也没有。"

——"天上也没有狗啦。"

啊，我简直找不出话来回答了。

车到了黄浦滩口，我们便下了车。穿过街，走到公园内的草坪里去。两个小孩子一走到草地上来，他们真是欢喜得了不得。他们跑起来了，跳起来了，欢呼起来了。我和我的女人找到一只江边上的凳子上坐下，他们便在一旁竞跑。

月亮依然残缺着悬在浦东的低空，橙红的颜色已渐渐转苍白了。月光照在水面上亮晶晶地，黄浦江的昏水在夜中也好像变成了青色一般。江心有几只游船，满饰着灯彩，在打铜器，放花炮，游来游去地回转，想来大约是救月的了。啊，这点古风万不想在这上海市上也还保存着，但可怜吃月的天狗，才就是我们坐着望月的地球，我们地球上的狗类真多，铜鼓的震动，花炮的威胁，又何能济事呢？

两个孩子跑了一会，又跑来挨着我们坐下：

——"那就是海？"指着黄浦江同声问我。

我说："那不是海，是河。我们回上海的时候就在那儿停了船的。"

我的女人说："是扬子江？"

——"不是，是黄浦江，只是扬子江的一条小小的支流。扬子江的上游就在我们四川的嘉定叙府等处，河面也比这儿要宽两倍。"

——"唉！"她惊骇了，"那不是大船都可以走吗？"

——"是，是可以走。大水天，小火轮可以上航至嘉定。"

大儿又指着黑团团的浦东问道："那是山？"

我说："不是，是同上海一样的街市，名叫浦东：因为是在这黄浦江的东方。你看月亮不是从那儿升上来的吗？"

——"哦，还没有圆。……那打锣打鼓放花炮呢？"

——"那就是想把那吃月的狗儿赶开的。"

——"是那样吗？吓哟，吓哟……"

——"赶起狗儿跑罢！吓哟，吓哟……"

两人又同声吆喝着向草地上跑去了。

电灯四面辉煌，高昌庙一带有一最高的灯光时明时暗，就好像在远海中望见了灯台的一样。这时候我也并没有甚么怀乡的情趣，但总觉得我们四川的山灵水伯远远在招致我。

——"我们四川的山水真好，"我便自言自语地说了起来，"我们不久大概总可以回去吧。巫峡中的奇景恐怕是全世界中所没有的。江流两岸对立着很奇怪的岩石，有时候真如像刀削了的一样。山头常常戴着白云。船进了峡的时候，前面看不见去路，后面看不见来路，就好像一个四山环拱着的大湖，但等峡路一转，又是别有一洞天地了。人在船上想看山顶的时候，仰头望去，帽子可以从背后脱落。我们古时的诗人说那山里面有美好绝伦的神女，时而为暮雨，时而为朝云，这虽然只是一种幻想，但人到那地方总觉得有一种神韵袭人，在我们的心眼间自然会生出这么一种暗示。

"啊啊，四川的山水真好，那儿西部更还有未经跋涉的荒山，更还有未经斧钺的森林，我们回到那儿，我们回到那儿去罢！在那儿的荒山古木之中自己去建筑一椽小屋，种些芋粟，养些鸡犬，工作之暇我们唱我们自己做的诗歌，孩子们任他们同獐鹿跳舞。啊啊，我们在这个亚当①与夏娃②做坏了的世界当中，另外可以创造一个理想的世界。……"

我说话的时候，我的女人凝视着我，听得有几分入神。

——"啊，我记起来了。"她突然向我说道，"我昨晚上做了一个很奇怪的梦。"

——"甚么梦呢？"

她说："我们前几天不是想过要到东京去吗？我昨晚上竟梦见到了东京。我们在东京郊外找到一所极好的房子，构造就和我们在博多湾上住过的抱洋阁一样，是一种东西洋折衷式的。里面也有花园，也有鱼池，也有曲桥，也有假山。紫荆树的花开满一园，中间间杂了些常青的树木。更好是那间敞豁的楼房，四面都有栏干，可以眺望四方的松林，所有与抱洋阁不同的地方，只是看不出海罢了。我们没有想出在东京郊外竟能寻出那样的地方。房金又贱，每月只要十五块钱。我们便立刻把行李搬了进去。晚上因为没有电灯，你在家里守小孩们，我

———————

① 《圣经》中谓为人类始祖。

② 亚当之妻，人类之母。

便出去买蜡烛。一出门去，只听楼上有甚么东西在晚风中吹弄作响，我回头仰望时，那楼上的栏干才是白骨做成，被风一吹，一根根都脱出臼来，在空中击击。黑洞洞的楼头只见几多尸骨一上一下地浮动。我骇得甚么似的急忙退转来，想叫你和小孩们快走，后面便跟来几多尸骨进来踞在厅上。尸骨们的颚骨一张一合起来，指着一架特别瘦长的尸骨对我们说，一种怪难形容的喉音。他们指着那位特别瘦长的说：这位便是这房子的主人，他是受了鬼祟，我们也都是受了鬼祟。他们叫我们不要搬。说那位主人不久便要走了。只见那瘦长的尸骨把颈子一偏，全身的骨节都在震栗作声，一扭一拐地移出了门去。其余的尸骨也同样地移出了门去。两个大的小孩子骇得哭也不敢哭出来。我催你赶紧搬，你才始终不肯。我看你的身子也一刻一刻地变成了尸骸，也吐出一种怪声，说要上楼去看书。你也一扭一拐地移上楼去了。我们母子只骇得在楼下暗哭，后来便不知道怎么样了。"

——"啊，真好一场梦！真好一场意味深长的梦！像这上海市上垩白砖红的华屋，不都是白骨做成的吗？我们住在这儿的人不都是受了鬼祟的吗？不仅我一个人要变成尸骸，便是你和我们的孩子，不都是瘦削得如像尸骸一样了吗？啊，我们一家五口，睡在两张棕网床上，我们这五个月来，每晚做的怪梦，假使一一笔记下来，在分量上说，怕可以抵得上一部《胡适文存》了呢！"

——"《胡适文存》？"

——"是我们中国的一个'新人物'的文集，有一寸来往厚的四厚册。"

——"内容是甚么？"

——"我还没有读过。"

——"我昨晚上也梦见宇多姑娘。"

——"啊，你梦见了她吗？不知道她现刻怎么样了呢？"

我们这么应答了一两句，我们的舞台便改换到日本去了。

民国六年的时候，我们同住在日本的冈山市内一个偏僻的小巷里。巷底有一家姓二木的邻居，是一位在中学校教汉文的先生。日本人对于我们中国人尚能存几分敬意的只有两种人。一种是60岁以上的老人；一种便是专门研究汉文的学者了。这位二木先生人很古僻，他最崇拜的是孔子。周年四季除白天上学而外，余都住居在楼上，脚不践地。

因为是汉学家的家庭，又因为我的女人是他们同国人的原故，所以他家里人对于我们特别地另眼看待。他家里有三女一男。长女居媚，次女便名宇多，那时只有16岁，还有个13岁的幼女。男的一位已经在东京的帝国大学读书了。

宇多姑娘她的面庞是圆圆的，颜色微带几分苍白，她们取笑她便说是"盘子"。她的小妹子尤为俏皮，一想挖苦她，便把那《月儿出了》的歌来高唱，歌里的意思是说：

月儿出了，月儿出了，

出了，出了，月儿呀。

圆的，圆的，圆圆的，

盘子一样的月儿呀！

这首歌凡是在日本长大的儿童都是会唱的，他们蒙学的读本上也有。

只消把这首歌唱一句或一字，或者把手指来比成一个圆形，宇多姑娘的脸便要涨得绯红，跑去干涉。她愈干涉，唱的人愈要唱，唱到后来，她的两只圆大的黑眼水汪汪地含着两眶眼泪。

因为太亲密了的缘故，他们家里人——宇多姑娘的母亲和孀姐——总爱探问我们的关系。那时我的女人才从东京来和我同居，被她们盘诘不过了，只透说是兄妹，说是八岁的时候，自己的父母死在上海，只剩了她一个人，是我的父亲把她收为义女抚养大了的。宇多姑娘的母亲把这番话信以为真了，便时常对人说：要把我的女人做媳妇，把宇多许给我。

我的女人在冈山从正月住到三月便往东京去读书去了。宇多姑娘和她的母亲便常常来替我煮饭或扫地。

宇多姑娘来时，大概总带她小妹子一道来。一个人独自来的时候也有，但手里总要拿点东西，立不一刻她便就走了。她那时候在高等女学①也快要毕业了。有时她家里有客，晚上不能用功的时候，她每得她母亲的许可，拿起书到我家里来用功。我们对坐在一个小桌上，我看我的，她看她的。我如果要看她读的是甚么的时候，她总十分害羞，立刻用双手来把书掩了。我们在桌下相接触的膝头有一种温暖的感觉交流着。结局两个人都用不了甚么功，她的小妹妹又走来了。

只有一次礼拜，她一个人悄悄地走到了我家里来。刚立定脚，她又急忙蹑手蹑足地跑到我小小的厨房里去了。我以为她在和她的小妹子捉迷藏。停了一会她又蹑手蹑足地走了出来，她说："刚才好像姐姐回来了的一样，姐姐总爱说闲话，我回去了。"她又轻悄悄地走出去，出门时向我笑了一下走了。

五月里女人由东京回来了，在那年年底我们得了我们的大儿。自此以后二木家对于我们的感情便完全变了，简直把我们当成罪人一样，时加白眼。没有变的就只有宇多姑娘一个人。只有她对于我们还时常不改她笑容可掬的态度。

我们和她们共总只相处了一年半的光景，到明年六月我便由高等学校毕业了。毕业后暑假中我们打算在日本东北海岸上去洗海水澡，在一月之前，我的女人带着我们的大儿先去了。

那好像是六月初间的晚上，我一个人在家里准备试验的时候。

---

① 日本当年的高等女子学校，只等于男子的初中。

——"K君，K君，"宇多姑娘低声地在窗外叫，"你快出来看……"

她的声音太低了，最后一句我竟没有听得明白。我忙掩卷出去时，她在窗外立着向我招手，我跟了她去，并立在她家门前空地上，她向空中指示。

我抬头看时，才知道是月蚀。东边天上只剩一钩血月，弥天黑云怒涌，分外显出一层险恶的光景。

我们默立了不一会，她嬬姐恶狠狠地叫起来了：

——"宇多呀！进来！"

她向我目礼了一下，走进门去了。

我的女人说："六年来不通音问了，不知道她们还在冈山没有？"这是我们说起她们时，总要引起的一个疑问。我们在回上海之前，原想去探访她们一次，但因为福冈和冈山相隔太远了，终竟没有去成。

——"她现在已经22岁了，怕已经出了阁罢。"

——"我昨晚梦见她的时候，她还是从前的那个样子，是我们三个人在冈山的旭川上划船，也是这样的月夜。好像是我们要回上海来了，我们去向她辞行。她对我说，她要永远营独身生活，想随着我们一同到上海。"

——"到上海？啊啊，'可怜无定河边骨，犹是春闺梦里人'了。"

我们还坐了好一会，觉得四面的噪杂已镇静了好几分，草坪上坐着的人们大都散了。

江上吹来的风，添了几分湿意。

眼前的月轮，不知道几时已团圞地升得很高，变着个苍白的面孔了。

我们起来，携着小孩子才到公园里去走了一转，园内看月的日本人很不少，印度人也有。

我的女人挂心着第三的一个孩子，催我们回去。我们走出园门的时候，大儿对我说道："爹爹，你天天晚上都引我们这儿来罢！"二儿也学着说。他们这样一句简单的要求，使我听了几乎流出了眼泪。

1923年8月28日夜

梦与现实

上

昨晚月光一样的太阳照在兆丰公园的园地上。一切的树木都在赞美自己的幽闲。白的蝴蝶、黄的蝴蝶，在麝香豌豆的花丛中翻飞，把麝香豌豆的蝶形花当作了自己的姊妹。你看它们飞去和花唇亲吻，好像在催促着说：

"姐姐妹妹们，飞罢，飞罢，莫尽站在枝头，我们一同飞罢。阳光是这么和暖的，空气是这么芬芳的。"

但是花们只是在枝上摇头。

在这个背景之中，我坐在一株桑树脚下读太戈尔的英文诗。

读到了他一首诗，说他清晨走入花园，一位盲目的女郎赠了他一只花圈。

我觉悟到他这是一个象征，这盲目的女郎便是自然的美。

我一悟到了这样的时候，我眼前的蝴蝶都变成了翩翩的女郎，争把麝香豌豆的花茎作成花圈，向我身上投掷。

我埋没在花园的坟垒里了。——

我这只是一场残缺不全的梦境，但是，是多么适意的梦境呢！

下

今晨一早起来，我打算到静安寺前的广场去散步。

我在民厚南里的东总弄，面着福煦路的门口，却看见了一位女丐。她身上只穿着一件破烂的单衣，衣背上几个破孔露出一团团带紫色的肉体。她低着头踞在墙下把一件小儿的棉衣和一件大人的单衣，卷成一条长带。

一个四岁光景的女儿踞在她的旁边，戏弄着乌黑的帆布背囊。女丐把衣裳卷好了一次，好像不如意的光景，打开来从新再卷。

衣裳卷好了，她把来围在腰间了。她伸手去摸布囊的时候，小女儿从囊中取出一条布带来，如像漆黑了的一条革带。

她把布囊套在颈上的时候，小女儿把布带投在路心去了。

她叫她把布带给她，小女儿总不肯，故意跑到一边去向她憨笑。

她到这时候才抬起头来，啊，她才是一位——瞎子。

她空望着她女儿笑处，黄肿的脸上也隐隐露出了一脉的笑痕。

有两三个孩子也走来站在我的旁边，小女儿却拿她的竹竿来驱逐。

四岁的小女儿，是她瞎眼妈妈的唯一的保护者了。

她嬉顽了一会，把布带给了她瞎眼的妈妈，她妈妈用来把她背在背上。瞎眼女丐手扶着墙起来，一手拿着竹竿，得得得地点着，向福煦路上走去了。

我一面跟随着她们，一面想：

唉！人到了这步田地也还是要生活下去！那围在腰间的两件破衣，不是她们母女两人留在晚间用来御寒的棉被吗？

人到了这步田地也还是要生活下去！人生的悲剧何必向莎士比亚的杰作里去寻找，何必向川湘等处的战地去寻找，何必向大震后的日本东京去寻找呢？

得得得的竹竿点路声………是走向墓地去的进行曲吗？

马道旁的树木，叶已脱完，落叶在朔风中飘散。

啊啊，人到了这步田地也还是要生活下去！……

我跟随她们走到了静安寺前面，我不忍再跟随她们了。在我身上只寻出了两个钢元，这便成了我献给她们的最菲薄的敬礼。

1923年冬，在上海

卖　书

　　我平生苦受了文学的纠缠，我弃它也不知道弃过多少次数了。我小的时候便喜欢读《楚辞》《庄子》《史记》《唐诗》，但在民国二年出省的时候，我便全盘把它们丢了。民国三年的正月我初到日本来的时候，只带着一部文选，这是二年的年底在北京琉璃厂的旧书店里买的了。走的时候本也想丢掉它，是我大哥劝我，终竟没有把它丢掉。但我在日本的起初的一两年，它在我的笥里还没有取出过的呢。

　　在日本住久了，文学的趣味不知不觉之间又抬起头来，我在高等学校快要毕业的时候，又收集了不少的中外的文学书籍了。

　　那是民国七年的初夏，我从冈山的第六高等学校毕了业，以后是要进医科大学的了。我决心要专精于医学的研究，文学的书籍又不能不和它们断缘了。

　　我起了决心，又先后把我贫弱的藏书送给了友人们，明天便是我永远离开冈山的时候了。剩着《庾子山全集》和《陶渊明全集》两书还在我的手里。这两部书我实在是不忍丢去，但我又不能不把它们丢去。这两部书和科学的精神尤为是不相投合的呢。那时候我因为手里没有多少钱，便想把这两位诗人拿去拍卖。我想日本人是比较尊重汉籍的，这两部书也比较珍奇，在书店里或者可以多卖些价钱。

那是晚上，天在落雨。我打起一把雨伞向冈山市上走去，走到了一家书店，我进去问了一声。我说："我有几本中国书……"

话还没有说完，坐店的一位年青的日本人怀着两只手粗暴地反问着我："你有几本中国书？怎么样？"

我说："想让给你。"

"哼"，他从鼻孔里哼了一声，又把下腭向店外指了一下："你去看看招牌罢，我不是买旧书的人！"说着把头一掉便顾自去做他的事情去了。

我碰了这一个大钉，失悔得甚么似的，心里又是恼恨，这位书贾太不把人当人了，我就偶尔把招牌认错，也犯不着以这样傲慢的态度待我！我抱着书仍旧回我的寓所去。路从冈山图书馆经过的时候，我突然对于它生出无限的惜别意来。这儿是使我认识了Spinoza，Tagore，Kabir，Goethe，Heine，Nietzsche[1]诸人的地方，我的青年时代的一部分是埋葬在这儿的了。我便想把我肘下挟着的两部书寄付在这儿。我一起了决心，便把书抱进馆去。那时因为下雨，馆里看书的没有一个

---

① 即斯宾诺莎，泰戈尔，卡比尔，歌德，海涅，尼采。

人。我向着一位馆员交涉了，说我愿寄付两部书。馆员说馆长回去了，叫我明天再来。我觉得这是再好没有的，便把书交给了馆员，诿说明天再来，便各自走了。

啊，我平生没有遇着过这样快心的事情。我把书寄付了之后，觉得心里非常的恬静，非常的轻灵，雨伞上滴落着的雨点声都带着音乐的谐调，赤足上蹴触着的行潦也觉得爽腻。啊，那爽腻的感觉！我想就是耶稣的脚上受着Magdalen①用香油涂抹时的感觉，也不过是这样罢？——这样的感觉，我到现在也还能记忆，但是已经隔了六年了。

自从把书寄付后的第二天我便离去了冈山，我在那天不消说是没有往图书馆里去过。六年以后，我坐火车虽然前前后后地经过了冈山五六次，但都没有机会下车。在冈山的三年间的生活的回忆是时常在我脑中苏活着的，但我恐怕永没有重到那儿的希望了罢？

呵，那儿有我和芳坞同过学的学校，那儿有我和晓芙同栖的小屋，那儿有我时常去登临的操山，那儿有我时常弄过舟的旭川，那儿有我每朝清晨上学，每晚放学回家，必然通过的清丽的后乐园，那儿有过一位最后送我上车的处女，这些都是使我永远不能忘怀的地方，但我现在最初想到的是我那庚子山

---

① 英语，指从良的妓女。典出《新约·路加福音》，这女人是一个"罪人"，来看耶稣。她用香膏涂抹耶稣的脚，耶稣赦免了她的罪。

和陶渊明集的两部书呀！我那两部书不知道果安然寄放在图书馆里没有？无名氏的寄付，未经馆长的过目，不知道究竟遭了登录没有？看那样的书籍的人，我怕近代的日本人中终竟少有罢？即使遭了登录，我想来定被置诸高阁，或者是被蠹蛀食了？啊，但是哟，我的庾子山！我的陶渊明！我的旧友们哟！你们莫要怨我抛撇！你们也莫要怨知音的寥落罢！我虽然把你们抛撇了，但我到了现在也还在镂心刻骨地思念你们。你们即使不遇知音，但假如在图书馆中健存，也比落在贪婪的书贾手中经过一道铜臭的烙印的，总还要幸福些罢？

啊，我的庾子山！我的陶渊明！旧友们哟！现在已是夜深，也是正在下雨的时候，我寄居在这儿的山中，也和你们冷藏在图书馆里一样的呢。但我想起六年前和你们别离的那个幸福的晚上，我觉得我也算不曾虚度此生了，我现在也还要希望甚么呢？也还要希望甚么呢？

啊，我现在的身体比从前更加不好了，新添了三个儿子已渐渐长大了起来，生活的严威紧逼着我，我不知道能够看着他们长到几时？但我要把他们养大，送到社会上去做个好人，也是我生了他们的一番责任呢。我在今世假使没有重到冈山来看望你们的时候，我死后的遗言，定要叫我的儿子们便道来看望。你们的生命是比我长久的，我的骨化成灰，肉化成泥时，我的神魂是藉着你们永在。

无　题

及年岁之未晏兮，

时亦犹其未央。

恐鹈鴂之先鸣兮，

使夫百草为之不芳。

——《离骚》

　　就好像受着迫促的一样，今年自一月以来比较写了一些东西，有时写得太猛，连一枝新的头号派克都被劚断了。

　　这或许也就是"衰老"的征候吧？不过也有的朋友说，是我的"第二青春"来了。我倒很高兴，我希望能够把握得着这永远的青春。

　　照年龄说来，我已经是知命晋一的人，但不知怎的，我却感觉着一切都还年青。仿佛二三十岁时的心境和现在的并没有怎么两样。一样的容易兴奋，容易消沉；一样的有时是好胜自负，有时又痛感到自己的空虚。

　　因此有人说我很骄傲，就像"不可一世的拿破仑"。骄傲有时是难免的。摹仿拿破仑的心理，十二三岁时也曾有过，但现在已经老早毕了业了。

年青的朋友写信给我又爱这样说："你能够接近青年，了解青年。"这或许也不尽是出于客套。因为我自己委实感觉着我还年青，而且我也知道，有为的青年比较起一些"无兵司令"确实是更值得骄傲的。

不过也有些人说我很谦虚，而且是出于世故，甚至于世故到连耳朵半聋都是装的假。这又未免把我看得太伟大了。

平生一大恨事便是两耳失聪而又聋得不彻底，这是十七八岁的一场伤寒症的后果。假使我不聋，或许总可以更聪明得一点吧？假使聋得更彻底，或许也可以更聪明得一点吧？

只有这一点，我不得不承认我的确是"衰老"了，而且我还希望能够更"衰老"得一点。

能够听不到鹈鸪的鸣，当然是更好的事。

1942年11月23日

新生活日记

十月一日

晨六时起床，赴温泉，泉在川上江边，男女同浴。

浴场对岸山木葱茏，耳畔湍声怒吼。

七时朝食。

食后出游，由旅舍东走乘拉索船渡川上江，沿江北行，红荻，白芒，石蒜，败醢，蓟团，红莴之类开满溪涧。

山路甚平坦，唯临溪一面全无栏杆，溪边古木森森，甚形险巇。

儿辈皆大欢喜，佛儿尤异常态，在途时跑时跌，顽不听命，伊母解带系其腰，儿殊大不愉怿。小小婴儿不该多此傲骨。

秋阳杲杲，晒头作痛，晓芙脱佛儿绒衣覆头蔽日，状如埃及妇人。沿川行可二里许，遇一侧溪，由间道穿入，树枝障人，大盘石在涧中零乱。水清见底，声沏如翁翠，石洁而平莹，脱衣裸卧其上，身被日光曝射，又倒卧水中。

涧中闲游可二小时，晓芙腹痛催归。归时在路旁小店中用茶，买鲜柿十二枚，佛儿思睡，负之行，未几，在背上睡去矣。

傍晚入浴时，有二少女同池，一粉白可爱，着浴衣，乳峰坟起。

是日无为，得纪行诗二十韵。

解脱衣履，仰卧大石，
水声玑玑，青天一碧。
头上秋阳，曝我过炽，
妻戴儿衣，女古埃及。
涉足入水，凉意彻骨，
倒卧水中，冷不可敌。
妻儿与我，石上追逐，
如此乐土，悔来未速。
溪边有柿，金黄已熟，
攀折一枝，涩不可食。
缅怀柳州，愚溪古迹，
如在当年，与之面嘱。
山水惠人，原无厚薄，
柳州被谪，未为非福。
我若有资，买山筑屋，
长老此间，不念尘浊。

奈何秋老，子多树弱，

枝已萎垂，叶将腐落。

烈烈阳威，猛不可避，

乐意难淳，水声转咽。

——游小副川归路中作此

十月二日

晨起一人赴浴。

晓芙仍提议分居，以诸儿相扰，不能作文故也。十时顷，沿川上江北上，至古汤温泉，为时已一点过矣。古汤温泉在屋中，无甚幽趣。附近地势散慢，人家亦繁，远不逮熊川之雅静，分居之议作罢。

是日无为。

十月三日

朝浴，午前读Synge[1]戏曲三篇。

午后二时出游，登山拾栗，得《采栗谣》三首：

---

[1] 约翰·米林顿·辛格（John Millington Synge，1871—1909），爱尔兰伟大的剧作家。代表作《西方世界的花花公子》被认为是20世纪最优秀的爱尔兰剧本。

（一）上山采栗，栗熟茨深，栗刺手指，茨刺足心。一滴一粒，血染刺针。

（二）下山数栗，栗不盈斗；欲食不可，秋风怒吼。儿尚无衣，安能顾口。

（三）衣不厌暖，食不厌甘；富也食栗，犹嫌衣单，焉知贫贱，血以御寒？

晚饭后抱佛儿至渡头，坐食听水。未几，晓芙偕和博二儿来，二儿在石上追逐，指石大者为非洲，为美国，为中华，石碛在小儿心中成为一幅世界。

夜入浴，吃烧栗数粒，草《日之夕矣》一诗。

日之夕矣，新月在天，

抱我幼子，步至溪边。

溪边有石，临彼深潭，

水中倒映，隔岸高山。

高山蓊郁，深潭碧青，

静坐危石，隐听湍鸣。

湍鸣浩浩，天地森寥，

瞑目凝想，造化盈消。

造物造余，每多忧悸，

得兹静乐，不薄余锡。

俄儿妻至，二子追随，

子指乱石，定名欧非。

欧非不远，世界如拳，

仰见荧惑，出自山巅。

山巅有树，影已零乱，

妻曰遄归，子曰渐缓。

缓也无从，遄也无庸，

如彼星月，羁旅太空。

十月四日

朝来腹泻，告晓芙，晓芙亦尔，食生鱼过多之故耶？素不喜食生鱼，自入山中来，兼食倍常，殊可怪也。久未阅报，今日定《A新闻》一分，国内战事仍未终结，来月恐仍无归国希望。

午后三时顷出游，渡江南上，田中见一水臼，用粗大横木作杠竿，一端置杵臼，一端凿成匙形，引山泉流入匙腹中，腹满则匙下，顷水入田中，水倾后匙归原状，则他端木杵在臼中舂击一回，如此一上一下，运动甚形迂缓，无表，爰数脉搏以计时刻，上下一次当脉搏二十六次，一分钟间尚不能舂击三次也。

田园生活万事都如此悠闲，生活之欲望不奢，则物质之要求自薄。……在我自身如果最低生活得所保证，我亦可以力尽我能以贡献于社会，在我并无奢求，若有村醪，何须醇酒？

此意与晓芙谈及，伊也赞予，唯此最低生活之保证不易得耳。

归途摘白茶数枝。

十月五日

倦怠，倦怠，倦怠！

倦怠病又来相扰矣。数日来毫无作文兴趣，每日三千字之规定迄未实行，长此下去，岂能久持耶？

清晨晓芙在枕畔以移家事相告，伊欲移住"贷间"，自炊时可以节减。伊欺我不能作文耳！

前有饿鬼临门，后有牛刀架颈，如此状态，谁能造文？

况复脑如是冥冥，耳如是蕘蕘，情感如是焦固，心绪如是不宁，我纵使是架造文机器，已颓圮如斯，宁可不稍加润耶？

今日未赴浴，以后将永不赴浴，每日如此亦可节省两角小洋。

节省，节省，节省！万事都是钱，钱就是命！

由日本回来了

七月二十五日

今天是礼拜，最后出走的期日到了。自华北事变发生以来，苦虑了十几天，最后出走的时期终竟到了。

昨夜睡甚不安，今晨四时半起床，将寝衣换上了一件和服，踱进了自己的书斋。为妻及四儿一女写好留白，决心趁他们尚在熟睡中离去。

昨晚由我的暗示，安那及大的两个儿子，虽然知道我已有走意，但并不知道我今天便要走。我怕通知了他们，使风声伸张了出去，同时也不忍心看见他们知道了后的悲哀。我是把心肠硬着了。

留白写好了，连最小的六岁的鸿儿，我都用"片假名"（日本的楷书字母）替他写了一纸，我希望他无病息灾地成长起来。

留白写好了，我又踱过寝室，见安那已醒，开了电灯在枕上看书，自然是因我的起床把她惊动了的。儿女们纵横地睡着，均甚安熟。

自己禁不住淌了眼泪。

揭开蚊帐，在安那额上亲了一吻，作为诀别之礼。她自然不曾知道我的用意，眼，没有离开书卷。

吻后摄木屐下庭园，花木都静静地立在清晨的有凉意的空气中，尚在安睡。

栀子开着洁白的花，漾着浓重的有甜味的香。

儿们所掘的一个小池中，有两匹金鱼已在碧绿的正午莲叶间浮出了。

我向金鱼诀了别，向栀子花诀了别，向盛开着各色的大莲花（dalia）诀了别，向园中一切的景物诀了别，心里默祷着妻儿们的和一切的平安，从篱栅缺口处向田陇上走出。正门开在屋后，我避开了正门，家前的篱栅外乃一片的田畴也。稻禾长已三四寸，色作深青。

璧圆的月，离地平线已不甚高，迎头望着我。今天怕是旧历六月十六日吧。

田塍上的草头宿露，湿透了我的木屐。

走上了大道，一步一回首地，望着妻儿们所睡的家。

灯光仍从开着的窗户露出，安那定然是仍在看书。眼泪总是忍耐不着的涌。

走到看不见家的最后的一步了。

我自己毕竟是一个忍人，但我除走这条绝路之外，实在无法忍耐了。

自事变发生以来，宪兵，刑士，正服警察，时时走来监视，作些无聊的说话。这些都已司空见惯，倒也没有什么，但国族临到了垂危的时候了，谁还能安闲地专顾自己一身一家的安全？

处之死地而后生，置之亡地而后存，我自己现在所走的路，我相信正是唯一的生路。

妻儿们为了我的走，恐怕是要受麻烦的吧。这，是使我数日来最悬念的事件。

昨晚，安那知道了我有走意，曾在席上戒告过我。她说：走是可以的，只是我的性格不定，最足耽心。只要我是认真地在做人，就有点麻烦，也只好忍受了。

女人哟，你这话是使我下定了最后决心的。

你，苦难的圣母！

沿途的人家都还是关闭着门的，街路上的电灯都还朦胧着做着梦的眼睛。

路上只遇着了些配报的人。配报者有的投我以颇含惊异的一瞥。

电车还没开驶。走了两个车站，看见在站口上已有二三人在等车了，我也就走到月台上去等着。

儿们醒来，知道了我已出走，不知道是怎样的惊愕。

顶小的可爱的鸿儿，这是我心上的一把剑。儿，望你容恕你的父亲。我是怀抱着万一的希望的，在不久的将来，总可以再见。电车开来了，决绝地踏上了车去。

五点半钟的光景到了东京，又改乘汽车赶赴横滨友人家，在那儿借了套不甚合身的洋服和鞋袜来改了装，九点半钟的时候，友人偕我到车站，同乘"燕号"特别快车，赶赴神户。

这位朋友，我现在还不好写出他的姓名，车票，船票，一切等等，都是他替我办的。我不知道应该怎样感谢他。

沿途都还在出兵，静冈驿有兵车一驾停着，正待开发。月台上有许多男女，手拿着太阳旗在送行。其中有许多穿着制服的高等学校学生和许多中小学生。

沿途的人家也都插着旗帜表示欢送。有标语横张着，大书"欢送皇军出征"者。

"燕号"车中也有不少的军人。我们坐的二等，在我旁边便坐着一位步兵少佐，手里拿着一卷油印的军事计画书，时而展阅。我偶然瞥见到有"第一作战计画""第二作战计画"等字样。

太阳正当道，车中酷热。田里的农人，依然孜孜不息地在耘着稻苗。

火车一过身，路线旁拿着小旗的儿童们有欢呼"万岁"者。

下午五时半到达神户，坐汽车直达码头，平安地登上了坎拿大公司的"Empress of Japan"的A Deck——平生第一次坐头等舱，有如身入天堂。但是，家中的儿女，此时怕已堕入地狱吧？假使在这样舒服的地方，得和妻儿们同路，岂不是也使他们不致枉此一生？

友人把我送上了船，他告辞先走了。

船是九点钟开的，自己因为含悲茹痛便蛰居在舱中，从开着的圆窗孔望出，看着在码头上送行的人们。也有些人在投纸卷，五色的纸缨在码头与船间的空中形成着玲珑的缨络……

锵琅碰，锵琅碰，锵琅碰，……

船终竟离岸了。

五彩的纸缨络，陆续地，断了，断了。

船上的人有的把纸缨集成一团投上岸去，岸上的又想把它投上船来，然而在中途坠落了——落在了下面的浮桴上。

向住了十年的岛国作了最后的诀别，但有六条眼不能见的纸缨，永远和我连系着。

二十六日

今天依然快晴，海上风平浪静。

一个人坐在舱中写了好几封致日本友人的信。对于日本市川市的宪兵分队长和警察署长也各写了一封，道谢他们十年来的保护的殷勤；并恳求对于我所留下的家室加以庇荫。

寂寞得不能忍耐，想到三等舱里有一位C君，他是在二十二日的夜里到我寓里来辞过行的。我们虽然将要同船，但我那时没有告诉他。

遣听差的把他叫了来，C君吃了一惊。

——先生，你一个人吗？

——是的，我一个人。

以后好一会彼此都没有话说，连C君都有点泪潜潜了。

想起了十四日那天，写给横滨友人的那首诗。那是写在明信片上寄给他的，用的不免是隐语。他的来片也是隐语，说青年会有西式房间十八、二十、二十四号等，设备均甚周全。青年会者神户也，西式房间者外国船也，号数者，开船的日期也。日本报虽然天天传着紧张的消息，但要和妻儿们生离，实在有点难忍。因此，我便选定了二十四的那最后的一只。实则二十四乃是横滨出帆的日期也。

> 廿四传花信，有鸟志乔迁。
>
> 缓急劳斟酌，安危费斡旋。
>
> 托身期泰岱，翘首望尧天。
>
> 此意轻鹰鹗，群雏剧可怜。

想起了二十四日那一天，预想到回到了上海的那首七律。

又当投笔请缨时，别妇抛雏断藕丝。

去国十年余泪血，登舟三宿见旌旗。

欣将残骨埋诸夏，哭吐精诚赋此诗。

四万万人齐蹈厉，同心同德一戎衣。

这是用的鲁迅的韵，鲁迅有一首诗我最喜欢，原文是：

惯于长夜过春时，挈妇将雏鬓有丝。

梦里依稀慈母泪，城头变幻大王旗。

忍看朋辈成新鬼，怒向刀丛觅小诗。

吟罢低眉无写处，月光如水照缁衣。

第七句记得有点模糊，恐怕稍微有点错字。

原诗大有唐人风韵，哀切动人，可称绝唱。我的和作是不成气候的，名实相符的效颦而已。但写的时候。自己确有一片真诚，因此工拙也就在所不计了。

细细考虑起来，真的登了岸后，这诗恐怕是做不出来的，民四、五七回国时的幻灭感，在兴奋稍稍镇定了的今天，就像亡魂一样，又在脑际飘荡起来。那时因日本下了哀的美顿书，我仓忙地回国，待回到上海而袁世凯已屈服矣。

一只爱用了十几年的Parker自来水笔，倒的确和着家室一同被抛在日本了。

但是，缨呢？如有地方可以请来，该不会是以备吊颈用吧？

有妹子在西湖，妹倩在那儿经商，到了上海后或者就往西湖去看望我二十五年来不曾见过面的骨肉。

离开四川二十五年，母死不曾奔丧，兄逝不曾临葬，有行年九旬的老父，如可能，也想乘着飞机回去看望一次。

四川的旱灾也是该得去踏访的一件重要的事情。

立定大戒：从此不吃酒，不吃烟，不接近一切的逸乐纷华；但要锻炼自己的身体，要有一个拳斗者的体魄，受戒僧的清规。

我在心中高呼千万遍古今中外的志士仁人之名以为鉴证：金石可泐，此志难渝。

自己是很清明的，并没有发狂。

下午在小艇甲板上遇着一位阿富汗斯坦的商人，能操英语日语。彼约余投环作tennis戏，应之。

戏可一小时，流得一身大汗，海风吹荡，甚感快慰。

海水碧青，平铺直坦，略有涟漪。

阿富汗人连连说：跳下去游泳吧，跳下去游泳吧！

但怎样上船呢？我问他。

他把头偏了几下。

那人是摩罕默德教的信徒，据说该教中人反对跳舞。

洗了一次澡。

自己随身穿着的一条短裤，已被汗渍，自行浆洗了一次，在电扇上吹干之。

这短裤和一件布日本服，都是安那替我手制的，我将要永远保存，以为纪念。

傍晚，C君邀了几位朋友来谈话。见我衣不合身，争解装相赠，但不是过肥，便是过瘦，不是过短，便是过长，据这样看来，似乎自己最合乎"中行"了。我这样说出了，惹得大家好笑。

船上的水手和听差的，几乎全部都是广东人，他们发起了一个"慈善会"，正在募捐。所谓"慈善"者乃对于抗敌战士之慰劳也。因为是在外国人的船上，不好那么明目张胆地使用救亡抗敌的那种名目。

执事的人到了我房里来，有一位男装的广东女士，普通话说得满好。

她说，他们要捐钱去慰劳华北的抗敌将士，到了上海立刻便要献给政府，请替他们送到前方去。

她说，船上的中国同胞都很关心，很想知道一些详细的情形，关于国际的和国内的，尤其关于日本的。本日晚他们要在三等舱中开一次大会，要请几位从欧美回国的人和从日本回国的人讲话，还有些余兴，要唱广东戏。

听了这些话，感觉着十分的愉快，他们要我捐，我也就捐了五元。此五元者实慈他人之善者也。我出家时，身上只带了五毛钱的电车费，然而我现在的钱包里已有五十块大洋了。这都是那位横滨朋友的慈善事业。

慈善会我没出席，因我并没用本名，三等舱中客人最多，恐有面熟者，反感不便也。

二十七日

晨五时起床。

昨夜十时半就寝，睡甚安稳。

吃早餐时，会普通话的广东女士走来报告。

她说，昨晚的会成绩很好，捐了四百块钱的光景。有一位参加了英王加冕礼回来的人最先演说。据说，中国和英国已有商定，中国政府将以最小的牺牲收回全部失地。（她在"最小的牺牲"那五个字上说得最用力）上台时备受热烈的鼓掌欢迎，下台时却没有人鼓掌。大约因为听的多是广东人，不懂普通话的原故吧。

这位女士短小精干，而且说话也似乎颇懂"幽默"。

清晨，在枕上又做了一首诗。

　　　　此来拚得全家哭，今往还当遍地哀。
　　　　四十六年余一死，鸿毛泰岱早安排。

吃中饭时广东女士又来报告，说下午二点半便要到上海了。

我顾虑到自己的衣履太不合身，问了问她：船上的卖店有没现成的可买？

她说：有是有的，但价钱很贵。他们用的美金，一条裤子买起来也要费你七八十块中国钱，你何苦把钱给外国人赚呢？我看你忍耐一下，到上海买合算多了。

我感谢了她的忠告。

她又问我，中国究竟打不打？

我说：论理呢，早就是应该打的，不过究竟能打不能打，我不得而知。

她有点失望的样子。

在甲板上又遇着那位阿富汗商人，并排着在甲板上散了一回步。

我问他回教人①普通行礼的方法是怎样？他把两手向胸前

---

① 指伊斯兰教。

操着，把上身略略屈了一下。他说，就是这样，和中国的打拱差不多。

我请他唱首阿富汗的歌给我听。

他一面走着，毫不犹豫地便低唱了起来。人是那样的魁梧，歌声却清婉如女子。歌意我是不懂的，他替我用英语翻译了一下：

"I love you, I love you,

you are my sweet-heart..."

盖乃情歌也。

——Have you sweet-heart?

——Yes, I have.

——Chinese or Japanese?

——Chinese and Japanese.

——Oh, have you many, many?

——No, I have only one, because she is Japanese girl and becomes my wife.

——Oh. so. But I like more Chinese girl than Japanese.

——Why?

——Because Chinese girl is very, very fine.

阿富汗商人很愉快地谈着，但他却没有想到我自己的心里是含着悲戚的。

广东女士又走来了，她说，税关要来检查行李了，请你把行李收拾好，叫听差的提到甲板上来。

我告诉她，我是什么行李也没有的。

她踌躇了一下，把手中卷着的一本便装书展开来，原来是我的《北伐》。

——好不？她说，请你替我签个名？

——你怎么知道我呢？

——我看见过你的相片，昨晚我们来捐钱，我早就认出你了，但我没对别人说。我看见你用的假名叫Young Patming，我晓得这里一定是有缘故的。这《北伐》上也有你的相片，不过是瘦得多。你现在壮了。

我自己没带笔，走进"纱笼"去，在《北伐》的第一面上替她题了两句旧诗，便是那"海内存知己，天涯若比邻"的两句。

自己是壬辰年生的，今年四十六岁。想起了十几年前，在上海城隍庙曾被一位看相的人开过玩笑，说我四十六岁交大运。此事是记在我的一篇杂文《湖心亭》里面的。忽然忆及，顿觉奇验。所谓"大运"者，盖生死大运也。

海水呈着嫩黄的颜色了。

1937年8月1日脱稿

漂流三部曲

歧　路

　　一种怆恼的情绪盘据在他的心头。他没精打采地走回寓所来，将要到门的时候，平常的步武本是要分外的急凑，在今朝却是十分无力。他的手指已经搭上了门环，但又迟疑了一会，回头跑出弄子外去了。

　　静安寺路旁的街树已经早把枯叶脱尽，带着病容的阳光惨白地晒在平明如砥的马路上，晒在参差竞上的华屋上。他把帽子脱了拿在手中，在脱叶树下屦走。一阵阵自北吹来的寒风打着他的左鬓，把他蓬蓬的乱发吹向东南，他的一双充着血的眼睛凝视着前面。但他所看的不是马路上的繁华，也不是一些砖红垩白的大厦。这些东西在他平常会看成一道血的洪流，增涨他的心痛的，今天却也没有呈现在他的眼底了。他直视着前面，只看见一片混茫茫的虚无。由这一片虚无透视过去，一只孤独的大船在血涛汹涌的黄海上飘荡。

　　——"啊啊，他们在船上怕还在从那圆圆的窗眼中回望我呢。"

他这么自语了一声，他的眼泪汹涌了起来，几乎脱眶而出了。

船上的他们是他的一位未满三十的女人和三个幼小的儿子。他们是今晨八点五十分钟才离开了上海的。

他的女人是日本的一位牧师的女儿，七年前和他自由结了婚，因此竟受了破门的处分。他在那时只是一个研究医科的学生。他的女人随他辛苦了七年，并且养育了三个儿子了，好容易等他毕了业，在去年四月才同路回到了上海。在她的意思以为他出到社会上来，或者可以活动一回，可以从此与昔日的贫苦生涯告别，但是事情却出乎她的意料之外。他回到上海，把十年所学的医学早抛到太平洋以外，他的一副听诊筒因为经年不用，连橡皮管也襞塞得不通气息了，上海的朋友们约他共同开业，他只诿说没有自信。四川的S城有红十字会的医院招他去当院长，他竟以不置答复的方法拒绝了。他在学生时代本就是浸淫于文学的人，回到上海来，只和些趣味相投的友人，刊行了一两种关于文学的杂志，在他自己虽是借此以消浇几多烦愁，并在无形之间或许也可以转移社会，但是在文学是不值一钱的中国，他的物质上的生涯也就如像一粒种子落在石田，完全没有生根苗叶的希望了。他在学生时代，一月专靠着几十元的官费还可以勉强糊口养家，但如今出到社会上来，连这点资助也断绝了。他受着友人们的接济寄居在安南路上的一个弄子里，自己虽是恬然，而他的女人却是如坐针毡。儿子也一天一天地长大了，愁到他们的衣食教育，更使他的女人几乎连睡也不能安稳。因此他女人也常常和他争论，说他为甚么不开业行医。

——"行医？医学有甚么！假使我少学得两年，或许我也有欺人骗世的本领了，医梅毒用六零六，医疟疾用金鸡纳霜，医白喉用血清注射，医寄生虫性的赤痢用奕美清，医急性关节炎用柳酸盐……这些能够医病的特效药，屈指数来不上双手，上海的如鲫如蚁的一些吮痈舐痔的寄生虫谁个不会用！多我一个有甚么？少我一个又有甚么？"

——"医学有甚么！我把有钱的人医好了，只使他们更多榨取几天贫民。我把贫民的病医好了，只使他们更多受几天富儿们的榨取。医学有甚么！有甚么！教我这样欺天灭理地去弄钱，我宁肯饿死！"

——"医学有甚么！能够杀得死寄生虫，能够杀得死微生物，但是能够把培养这些东西的社会制度灭得掉吗？有钱人多吃了两碗饭替他调点健胃散；没钱人被汽车轧破了大腿率性替他斫断；有枪有械的魔鬼们杀伤了整千整万的同胞，走去替他们调点膏药，加点裹缠。……这就是做医生们的天大本领！博爱？人道？不乱想钱就够了，这种幌子我不愿意打！……"

他每到激发了起来的时候，答复他女人的便是这些话头。

他女人说："在目前的制度之下也不能不迁就些。"

他说："要那样倒不如做强盗，做强盗的人还有点天良，他们只抢的是有钱人。"

他女人说到儿子的教育时，他又要发一阵长篇的议论来骂到如今的教育制度，骂到如今资本制度下的教育了。

他的女人没法，在上海又和他住了将近一年，但是终竟苦于生活的压迫，到头不得不带着三个儿子依然折回日本去了。他的女人说到日本去实习几个月的产科，再回上海来，或许还可以做些生计。儿子留在上海也不能放心，无论如何是要一同带去的。他说不过他女人坚毅的决心，只得劝她等待着一位折返日本的友人，决计在今天一路回去。

为买船票及摒挡旅费，昨天忙了一天。昨夜收束行装，又一夜不曾就睡。今晨五点半钟雇了两辆马车，连人带行李一道送往汇山码头上船。起程时，街灯还未熄灭，上海市的繁嚣还睡在昏朦的梦里。车到黄浦滩的时候，东方的天上已渐渐起了金黄色的曙光，无情的太阳不顾离人的眼泪，又要登上他的征程了。孩子们看见水上的轮船都欢叫了起来。他们是生在海国的儿童，对于水与轮船正自别饶情味。

——"那些轮船是到甚么地方去的呢？"

——"有些是到扬子江里去的，有些是到外国去的。"

——"哦，那儿的公园我们来过。到日本去的船在哪儿呢？"

——"还远呢，到汇山码头还要一会儿。"

他同他的大儿对话着，立在他的膝间的二儿说道："我不要到日本去，我要同爹爹留在上海。"

——"二儿，你回日本去多拣些金蚌壳儿罢，在那海边上呢。爹爹停一晌要来接你们。"

——"唔，拣金蚌壳儿呢，留下好多好多没有拣了。"

他一路同他儿子们打着话，但他的心中却在盘旋。一个年轻的女人带着三个儿子到日本去，还要带些行李，上船下船，上车下车，这怎么能保无意外呢？昨天买船票的时候，连卖票的人也惊讶了一声。"啊，别人都还要惊讶，难道我做人丈夫做人父亲的能够漠然无情吗？我是应该送他们回去。我是应该送他们回去。从上海到长崎三等舱只要十块钱，送他们去耽搁几天回来，来回也不过三四十块钱。啊，我是应该送他们回去。在船上去补票罢。是的，在船上去补票罢。……"但一回头又想起他同朋友们办的一些杂志来了。"那些杂志每期要做文章，自己走了之后朋友们岂不辛苦吗？有那三四十块钱，他们母子们在日本尽可以过十天以上的生活了，日本的行旅不如中国艰难，想来也不会出甚么意外。好在同船有T君照顾，我还是不能去。唉，我还是不能去。"——辗转反复地在他的心中只是想的这些问题。他决下心不去了，但又悬想到路上的艰难，又决心要去。从安南路坐到汇山码头他的心机只是转斡。他的女人抱着一个才满周岁的婴儿坐在旁边，默默不作声息。婴儿受着马车的震摇，起初很呈出一种惊诧的气色，但不久也就像在摇篮里一样，安然地在他母怀中睡熟了。

坐了一个钟头以上的光景，车到汇山码头了。巍然的巨舶横在昏茫的黄浦江边，尾舻上现出白色的"长崎丸"三字。码头上还十分悄静，除有些束手待客的脚夫外还不见乘客的踪影。同路的朋友也还没有来。上了船把舱位看定了之后，他的心中还在为去留的问题所扰。孩子们快乐极了，争爬到舱壁上去透过窗眼看水，母亲亲手替他们制的绒线衣裳，挂在壁钉上几次不能取脱。最小的婴儿却好像和他惜别的一样，伸张起两只小手儿，一捏一捏地，口作呀呀的声音，要他抱抱。他接在手中时，婴儿抱着他的颈子便跳跃了起来。

——"日本的房屋很冷，这回回去不要顾惜炭费，该多烧一点火盆。"他这样对他的女人说。

她的女人也抚着她自己的手，好像自语一般地说道，这回回去，自己挽水洗衣烧火煮饭，这双手又要龟裂得流出血来了。

——"这回回去，无论如何是应该雇用女工才行。十块钱一个月总可以雇到罢？"

——"总可以雇到罢。"女人的眼眶有点微红了，"听说自从地震以后，东京的女工有的不要工钱只要有宿食便来上门的。但是福冈又不同，工钱以外还要食宿，恐怕二十块钱也不够用。"

——"我在上海总竭力想法找些钱来，……"他这么说了一半，但他在内心中早狐疑起来了。找钱？钱却怎么找呢？还是做文卖稿？还是挂牌行医？还是投入上海Zigoma团①去当强盗呢？……

——"福冈还有些友人，一时借贷总还可以敷衍过去。我自己不是白去游闲的，我总还可以找些工作。"

——"放着三个儿子，怎么放得下呢？"

——"小的背着，大的尽他们在海上去玩耍，总比在上海好得多呢。……"

船上第一次鸣锣催送行的客人上岸了。他的女人伸长过颈子来，他忍着眼泪和她接了一个很长的接吻。他和孩子们也一一接吻过了，把婴儿交给了他的女人。但是同行的T君依然不见人，他有几分狐疑起来了，是起来迟了？还是改了期呢？动身的时候，悔不曾去约他。他跑出舱来看望。

T君的船票，是他昨天代买的，现刻还存在他的手里。他一方面望T君快来，但一方面也想着他不来时，倒也正好用他的船票送他的妻儿们回去。走出舱来，岸上送行的人已拥挤了，有的脱帽招摆，有的用白色手巾在空中摇转。远远望去，一乘马车，刚好到了码头门口。啊，好了！好了！T君来了！车上下来的果然是T君。他招呼着上了船，引去和他的妻儿们相见了。船上又鸣起第二次催人的锣来。"我怎么样呢？还是补票吗？还是上岸去呢？"他还在迟疑，他女人最后对他说：

---

① 在美国城市中流行的一种流氓暴力团。——作者注

"我们去了，你少了多少累赘，你可以专心多做几篇创作出来，最好是做长篇。我们在那边的生活你别要顾虑。停了几月我们还要转来。樱花开时，你能来日本看看樱花，转换心机也好。"

他女人的这些话头，突如其来，好像天启一样。七年前他们最初恋爱时的甜蜜的声音，音乐的声音，又响彻了他的心野。他在心中便狂叫起来："哦，我感谢你！我感谢你！我的爱人哟，你是我的Beatrice！你是我的Beatrice！你是我的！长篇？是的，最好是做长篇。Dante①为他的爱人做了一部《神曲》，我是定要做一篇长篇的创作来纪念你，使你永远不死。啊，Ava Maria！Ava Maria！②永远的女性哟！……"他决心留在上海了。他和T君握手告别，拜托了一切之后，便毅然走出舱来。女人要送他，他也叫她不要出来，免惹得孩子们流泪。

几声汽笛之后，黄浦江面已经起了动摇，轮船已渐渐掉头离岸了。他等着T君的身影渐渐不能看见了，才兴冲冲地走出码头。"啊，长篇创作！长篇创作！我在这一两个月之内总要弄出一个头绪来。书名都有了，可以叫做'洁光'。我七年前最初和她相见的时候，她的眉间不是有一种圣洁的光辉吗？啊，那种光辉！那种光辉！刚才不是又在她的眉间荡漾了吗？

---

① 但丁。——作者注

② "福哉圣母！福哉圣母！"天主教追念圣母玛利亚之祈祷词，此处是把自己的女人当成圣母。——作者注

Ava Maria，Ava Maria……永远的女性！……Beatrice……'洁光'……"他直到走上了电车，还隐隐把手接吻了一回，投向黄浦江里去。

长期的电车把他心中的激越渐渐缓和，给予他以多少回想的余暇了，他想到他历年来的飘泊生涯，他也想到他历年来的文学成绩。"啊，我的生活意识是太暧昧了。理想的不能实行，实行的不是理想，逡巡苟且，混过了大好的光阴。我这十年来，究竟成就了些什么呢？医学是不用说了。虽然随着一时的冲动做过些诗文，但那是甚么东西哟！自己的技能有哪一样能够足以自恃！自己的文章有哪一篇能够足以自慰呢？啊，惭愧！惭愧！真是惭愧！我比得甚么Dante！我比得甚么Dante！我是太夸诞了！太无耻了！啊，我是……"他这么想着，又好像从灿烂的土星天堕落下无明无夜的深渊里。他女人对于他的希望，成了他莫大的重担。他自己对于他女人的心期，又成了精卫的微石[①]了。他的脑筋沉重得不堪，心里炽灼得不堪，假使电车里没有人，他很想抱着头痛哭起来。

这种自怨自艾的心情本来是他几年来的深刻的经验。他从事文笔的生涯以来，海外的名家作品接触得愈多，他感觉着他

---

① 《山海经·北山经》："发鸠之山有鸟焉，名曰精卫。……常衔西山之木石，以堙于东海。"《述异记》："炎帝女溺死东海中，化为精卫，每衔西山木石填东海，一名冤禽。"《博物志》："炎帝女溺死，化精卫，与海燕为偶。生子雌曰精卫，一名冤禽，雄曰海燕。"——作者注

自己的不足愈甚。他感觉着自己的生活太单纯了，自己的表现能力太薄弱了。愈感不足，他愈见烦躁，愈见烦躁，他愈见自卑。直到现在，他几乎连笔也不能动了。"自己做的东西究竟有甚么存在的价值呢？一知半解的评论，媒婆根性的翻译，这有甚么！这有甚么！同情我的人虽说我有'天才'，痛骂我的人虽也骂我是'天才'，但是我有甚么天才在那儿呢？我真愧死！我真愧死！我还无廉无耻地自表孤高，啊，如今连我自己的爱妻，连我自己的爱儿也不能供养，要让他们自己去寻生活去了。啊啊，我还有甚么颜面自欺欺人，忝居在这人世上呢？丑哟！丑哟！庸人的奇丑，庸人的悲哀哟！……"他想起John Davidson①的一首诗来。诗中叙述一位贫苦的音乐家，因为饥寒的缘故把他最爱的妻孥都死掉了，他抱着皮包骨头的他妻子的残骸，悲痛地号哭道：

> We drop into oblivion,
>
>   And nourish some suburban sod;
>
> My work, this woman, this my son,
>
>   Are now no more：there is no God.

---

① 约翰·戴维森（1857—1909），苏格兰诗人和剧作家。作品有《舰队街田园诗集》《新民谣》等。

这节的意思是：

> 我们滴落在忘却之中，
>
> 　同去培养那荒外的焦土；
>
> 我的作品，我的妻，我的这个儿，
>
> 　都已没了：谁说有甚么天主。

　　他应着电车的节拍，默念起这节诗，他觉得好像是从他心坎中自然流出的一样。但是他又一回想，他自己究竟没有这音乐家的真挚。音乐家有他的作品足以供人纪念而世人湮没了他，他可以埋怨世人，埋怨上帝，但他自己有甚么资格足以埋怨人，足以埋怨一切呢？自己的妻儿是由自己抛撇了的，怨不得天，怨不得人！音乐家有抱着他妻子的残骸痛哭的真情，悲痛之极终竟随他的妻儿长逝了。而他自己不是和他的妻子背道而驰，妻子向东，他自向西，妻子在飘渡苦海，他自己却是留在这儿梦想他自己力所不能逮的掀攫吗？他一想到这儿，他又失悔不曾送他的妻儿回去。"我为甚么不在船上补票？我为甚么不去和他们同样受苦呢，啊，我这自私自利的小人！我这责任观念薄弱的小人！……"

　　一种怆恼的情绪盘据在他的心头。他让滚滚的电车把他拖过繁华的洋场，他就好像埋没在坟墓里一样。他没精打采地走回他的寓所，但他的寓所好像一座死城，好像有甚么比死还厉害的东西在埋伏着的光景。他掉头跑出弄子来，跑到这静安寺路旁的街树下矗走着了。他的充着血的眼睛仍然直视着前面，街面上接连的汽车咆哮声都不曾惊破他眼前的幻影。他走到沧洲别墅转角处便伫立住了，凝视着街心的路标灯不动，这是他的儿子们平时散步到这儿来最爱留心注视的。他立了一会，无意识地穿过西摩路南走，又走到福煦路上来。走到圣智大学附近，他又蓦然伫立着了。去年夏秋之交的时候，有一次傍晚，他曾引他的两个大的孩子散步到这儿来，一只瓦雀突然从洋梧桐上跌下，两个孩子争前逐捕，瓦雀终竟被他们捉着了。他那时曾经做过一首诗，此时又盘旋上了他的脑际：

橙黄的新月如钩，已在天心孤照，
手携着我两稚子在街树之下逍遥；
虽时有凉风苏人，热意犹未退尽，
远从人家墙上，露出夕照如焚。

失巢的瓦雀一只蓦地从树枝蹴坠，
两儿欣欣前进，张着两只小手追随。
小鸟曳立悲声，扑扑地在地面飞遁，
使我心中的弦索也隐隐咽起哀鸣：

"娇小的儿们呀，这正是我们的征象，

　　　我们是失却了巢穴，漂泊在这异乡，

　　　这冷酷的人寰，终不是我们的住所，

　　　为逃避人们的弓弹，该往哪儿去躲？"

　　　无知的儿们尚未解人生的苦趣，

　　　仍只是欣欣含笑，追着小鸟飞驰。

　　　我也可暂时忘机，学学我的儿子，

　　　不息的鸣蝉哟，为甚只死呀死呀地悲啼？

　　　他倚着街树讴吟了一会，念起昔日清贫的团圆远胜过今日凄切的孤单，他的眼泪如像喷泉一样忍勒不住倾泻下来了。在这时候，他真觉得茫茫天地之间只剩下他孤另的一人，四面的人都好像对他含着敌意，京沪的报章上许多攻击他的文章，许多批评家对于他所下的苛刻的言论，都一时潮涌了上来。一种亲密的微笑从面前飞过的一乘汽车的轮下露出，暴尸在上海市上，血流了出来，肠爆了出来，眼睛突露了出来，脑浆迸裂了出来，这倒痛快，这倒痛快。"那时候尽一些幸灾乐祸的人们来看热闹，我可以长睡而不恼。……但是妻子们的悲哀是怎么样呢？朋友们的失望是怎么样呢？她怕我受累赘，才带着儿子们走了，她在希望我做长篇呢。每周的杂志，也好像嗷嗷待哺的雏鸟一样，要待我做文章呢。这是我死的时候吗？啊！太

sentimental①了！太sentimental了！我十年前正是拖着一个活着的死尸跑到日本去的，是我的女人在我这死尸中从新赋与了一段生命。我这几年来并不是白无意义地过活了的。我这个生命的炸弹，不是这时候便可以无意义地爆发的。啊，妻儿们怕已经过了黄海了，我回去，回去，在这一两个月之内我总要把'洁光'表现了出来。……"

他的脚步徐徐移动起来了。他如何抱着旧式结婚的痛苦才跑到东洋，如何自暴自弃，如何得和他的女人发生恋爱，如何受她的激励，……过往十年的回想把他运回了寓所。客堂里的挂钟已经一点过了。一位老娘姨问他吃饭不吃，他回答着不用，便匆匆上楼去。但把房门推开，空洞的楼屋向他吐出了一口冷气。他嗓了一下，走向房里的中央处静立着了。触目都是催人眼泪的资料。两张棕网床，一张是空无所有，一张还留下他盖用的几条棉被。他立了一会，好像被人推倒一般地坐到一张靠书台的藤椅上。这沉重得令人窒息的寂寥，还是只好借笔墨来攻破了。他把书台的抽屉抽开来，却才拿出了他儿子们看残了的几页儿童画报，又拿出了一个两脚都没有了的洋团团。在这些东西上他感觉着无限的珍惜情意来。他起来打开了一只柳条箱子，里面又发现了他女人平常穿用的一件中国的棉衣，他低下头去抱着衣裳接了一个很长的接吻，一种轻微的香泽使

---

① 伤感。——作者注

他感受着一种肉体上的隐痛。他把洋团团和画报收藏在箱子里面了，又回到桌边，才展开一帖原稿纸来，蘸着笔在纸端写下了"洁光"两个字。——他的笔停住了。怎么样开始呢？还是用史学的笔法从年月起头呢？还是用戏剧的作法先写背景呢？还是追述，还是直叙呢？还是一元描写，还是多元呢？还是第一人称，还是第三人称呢？十年的生活从甚么地方起头？……他的脑筋一时又混乱起来了。他把挟着笔的手来擎着右鬓，侧着头冥想了一会，但仍得不出甚么头绪。一夜不曾睡觉的脑筋，为种种彷徨不定的思索迷乱了的脑筋，就好像一座荒寺里的石灯一样，再也闪不出些儿微光。但是他的感官却意外地兴奋，他听着邻舍人的脚步声就好像他自己的女人上楼，他听着别处的小儿啼哭声，就好像他自己的孩子啼哭的光景。但是，他的女人呢？儿们呢？怕已经过了黄海了。"啊，他们怕已经过了黄海了。我只希望他们明天安抵福冈，我只希望他们不要生出甚么意外。"他一面默祷着，一面把笔掷在桌上。"唉唉，今天我的脑筋简直是不能成事的了！"他脱去了身上的大衣，一纳头便倒在一张床上睡去。……马蹄的得得声，汽笛声，轮船起碇声，……好像还在耳里。抱着耶稣的圣母，抱着破瓶的幼妇，黄海，金蚌壳，失了巢的瓦雀，Beatrice，棉布衣裳，洁光，洁光，洁光……

　　凄寂的寒光浸洗着空洞的楼房，两日来疲倦了的一个精神已渐渐失却了它的作用了。

炼　狱①

　　爱牟自从和他的夫人离别了，半月以来时常和孤寂作战。但他作战一次，失败一次，就好像不谙水性的人，船破落水，在白齿巉巉的波中，愈见下沉，愈想奋发，愈想奋发，愈见下沉，结局是只有沉没在悲哀的绝底了。他的寓所本是一楼一底的民房。自从他夫人去后，一切陈设都足使他伤感。他在当晚便去邀了几位朋友来，一同住在前楼，把全家的布置都完全改变了。但是，改不了的，终是他自己的身心。他隔不几时又深悔何不保持着原有的位置，索性沉没在悲寂的深渊，终日受泪泉的涤荡。他对着朋友们时，时常故意放大声音讲话，放大声音发笑，但在话未落脚，笑犹未了时，他又长叹了起来。这种强为欢笑的态度，于他实在是太不自然，并且是太为苛刻，他和朋友们同住没有两天便又一个人搬到后楼的亭子间里去了。

　　这座亭子间除一床一桌而外，只有四面墙壁。他一人蛰居在这里，时而讴吟，时而倒在床上伸长两脚一睡，觉得太无聊时也起来执执笔，想写东西，但是总写不出甚么条理。他不知道几时

---

　　① 外文为purgatory。基督教的说法：不完全的信徒，在进入天国之前，要先在地狱里锻炼灵魂，洗涤生前罪愆。这地狱就叫作"炼狱"。但丁的《神曲》，诗人魂游三界，其第二界即为"炼狱"。这篇的用意略取于此。——作者注

早把他夫人留下的一件棉衣从箱子里取了出来放在床上，他睡的时候，总要把棉衣抱着亲吻一回；然后再把来贴身盖着。他的夫人有和女友们合照的一张相片，他把她剪了下来，花了两角钱，买了一个相匣，龛饰起来了。他倚案时，相匣是摆在桌上，睡时，又移在床头，偶尔一出门也把来揣在怀里。

——"晓芙！晓芙！你怎么不同我讲话？你现刻在做甚么？儿子们又在做甚么？"

他时常对着相匣这样说，他的两眼总是湿涔涔的。

无论你是反抗或者是帖服，悲哀的分量总是不会减少。他到近来索性自暴自弃起来了。时而赌气喝酒，时而拼命吸烟。朋友们问他何故如此，他说这便是自杀。但是等他酩酊过后，酒烟的余毒，良心的苛责，又来磨荡着他。他时时向着相匣请罪，屡说不再吸了，不再喝了，严烈的发誓已经发过了多少回，但他依然敌不过"悲寂"的驱遣。朋友们都很替他担心，有的劝戒他说：蓄意沉浸于悲哀是但丁所不许的；有的说：他是有家室的人，不能如法兰西士·汤姆孙①一样在楼阁中拚一个饿死。这些亲切的友谊他也很能怀着谢意去接受，但他总是不能自拔。

"长此浸淫着实在是不成事体，妻儿们的生活费还全无着

---

① 法兰西士·汤姆孙（Francis Thompson，1859—1907），亦译弗兰西斯·汤普森，英国诗人。他终生未结婚，生活困窘，曾经因为贫病而企图自杀。

落呢，我索性离开这家屋子，或者索性离开上海罢。"他有一天中午和着衣裳昼寝的时候，他的心里正在这样作想，后门的门铃响了，同住的尼特君替他拿了一卷邮件上来。他满以为是他夫人给他的信，但他接着看时，却是从无锡寄来的。他拆开一看，除去一些原稿之外还有一张信笺，他便先拿来读了。信里说梅园的梅花盛开，太湖上的风光已随阳春苏转，希望他和芳坞诸人同去游玩，也可以消除他们的愁烦。

"啊啊，这是和悲哀决斗的武器了，我索性暂时离开上海罢！"

他决绝地跳下床来，拿着信走到前楼来向芳坞说道：

——"无锡的嘉华和瘦苍邀我们去游太湖，你愿意去吗？我们礼拜去罢。"

——"唔，唔，礼拜去，礼拜定去。"芳坞回答了他，他又转向尼特：

——"尼特也去罢。"

——"去，你先写一封快信去就行了。"

他得了他们的赞成，随即写一封快信，约定后日乘早车到无锡。

第二天是礼拜六，他蛰居在家里仍和平常一样。晚上有人招饮，他也勉强出席了。席中有人问及他的夫人和儿子的，他触到伤感处，不禁又痛饮起来。一席的人他都和他们对酒，饮到席罢，他已经难以支持，东抱一人接吻一回，西抱一人接吻一回，同席的人他几乎都接吻遍了。他的脑筋还有几分清醒，他一面在狂态百出，一面也在自己哀嘲：看你这个无聊人究竟要闹到怎样？你坐这儿享乐吗？你的妻子还在海外受苦呢！……酒的烈焰煎熬着他，分裂了的自我又在内心中作战，他终竟支持不住，在友人的家里竟至大吐了一场。芳坞把他送回家，他坐在人力车上一路只是忏悔，从衣袋中取出他夫人的相匣来冰在自己的灼额上。

刚回家，他一倒在床上，便抱着他夫人的棉衣深深地睡去了。

醒来的时候，天色已经早亮了。心尖不住地狂跳，前脑非常沉重，而且隐隐作痛。他口渴得甚么似的，几次想起床寻茶水喝，但都没有勇气。最后他终竟忍耐不住，推开棉被抬起半身来时，他才看见桌上正放着茶壶和茶杯，原来芳坞在他睡时已经给他预备好了。啊，友情的甘露！他接连呷了几杯，一股清凉的滋味一直透进他的心底。他想趁势起床，但头脑总是沉重得难耐，他又依然倒下去睡着。

——"爱牟，怎么样了？还不起来。"芳坞走进房来催他。

他说："不行，我头痛，你和尼特两人去罢，我今天不能去了。"

——"起来哟，赶快，你起来便会好的。已经七点钟，赶七点三十分钟的车还来得及。"

芳坞说着便下楼去了，他在床上还迟疑了一会，结局还是坐了起来。不去觉得对不住朋友，便留在家中也还是一样受苦，他便决心起了床。但是，头总是昏腾腾地作痛，走起路来总觉得有点摇晃的意思。

七点三十分的车他们也赶不及了，便又改乘九点半钟的快车。上车的时候，三等车的人已经坐满，芳坞和尼特只在车外站着，爱牟一个人却去找到了一个座位来坐下了。他只呆呆地坐着，邻近的人都向他投视一瞥疑怪的眼光。他心里时常起着不平的抗议。车出上海以后，窗外一片荒凉的平原，躺在淡淡的阳光里，他觉得这种风光就和他自己的心境一样。

车到苏州时，下车的人很多，芳坞和尼特才得走进车来。

——"爱牟，你怎么样了？脑子不痛了吗？"芳坞一进车来便关心着他。

——"已经不痛了，究竟还是来了的好。假使呆在家里，包管有两三天是不会舒服的。"

谈不两句话，爱牟又沉默着了。他看见尼特坐在车隅看书，芳坞贪看着车外的景物，心里很羡慕他们的自由，只他自己是在茧中牢束着的蚕蛹。灰色的苏州古城渐渐移到车后去了，爱牟随着车轮的声音低低地讴吟了起来，声音高的时候，听得的是"……吴山点点愁……恨到归时方始休……"①的

———————————

① 唐白居易《长相思》："汴水流，泗水流，流到瓜州古渡头。吴山点点愁。思悠悠，恨悠悠，恨到归时方始休。月明人倚楼。"

几句。

无锡的惠山远从荒茫中迎接前来，锡山上未完成的白塔依然还是四年前的光景。四年前爱牟本在惠山下住过。他因为生活的不安，在那年的四月，向学校告了半年的假离别了他的妻子，从日本跑回了上海。上海的烦嚣不宜于他著述的生涯，他就好像灼热的砂漠上折了翅膀的一只小鸟，他心中焦灼得甚么似的。一直到七月，因友人盛称惠山的风光，并因乡下生活的简易，他便决计迁来。起初原拟在山下静静地译述一两部著作，但是惠山的童裸，山下村落的秽杂，蚊蚋的猖狂，竟使他大失所望。他住不两天接到从上海转寄来的他夫人的信，说是因为房金欠了两个月，房主人迫着他们迁徙了。他拿着信，一个人走上头茅峰去，对着晓雾蒙蒙中的旭日，思念着他寄留在东海岛上的可怜的妻儿，他的眼泪流在脸上，知道他的苦痛的怕只有头茅峰上的石头。他那时终竟不能安定，便在当日又匆匆地折回了上海。

头茅峰上的石头已渐渐可以辨别了，新愁旧恨一时涌上心头，爱牟又苦到不能忍耐了。"啊啊，我为甚么到这里来！我是来寻乐的吗？现在是该我寻乐的时候吗？这儿是可以寻乐的地点吗？我为甚么到这里来？我想做的长篇不是还全未着手吗？啊，我这糊涂虫！……"他一面悔恨着，但不容情的火车已把他拖进了无锡车站。芳坞和尼特催着他下了车，他在月台上走着，打算就改乘同时到站的下行车，折回上海；迟迟疑疑地走到出口处时，嘉华和瘦苍两人又早捉着了他的两手了。

嘉华和瘦苍两人在车站上已经等了他们半天了，另外听说还有一位朋友想私下见他们一面的，也同在车站上等着，他为友人们的浓情所激动，他的精神才渐渐苏活了转来。"啊，真丑！真丑！我简直没有骨头！"他们握着手一直走到繁华的市上，在一家饭馆里用了中饭，便同路绕道惠山，再向太湖出发。

童童的惠山，浅浅的惠山，好像睡着了几条獐子一样的惠山，一直把他们招引到了脚底。他们走过了运河了，千四百年前隋炀帝的二百里锦帆空遗下一江昏水。"啊，荣华到了帝王的绝顶，又有甚么？只可惜这昏昏的江水中还吞没了许多艺术家的心血呢！……你锡山上的白塔，你永远不能完成的白塔，你就那样也尽有残缺的美，你也莫用怨人的弃置了。……丛杂的祠堂和生人在山下争隙；这儿只合是死人的住所，但是在这茫茫天地之间，古今来又真有几个生人存在呢？……永流不涸的惠泉哟，你是哀怜人世的清泪，你是哀怜宇宙的清泪，我的影子落在你的眼中，我愿常在这样的泪泉里浸洗……"

空气是很清新的，在冷冷的感触中已经含有几分温意。走向太湖的路上沿途多栽桑木，农人已在锯伐枝条，预备替绿女红男养织出游春的资料。迎面成群的学子欣欣归来，梅影湖光虽还保留在他们健康的颊上，但在他们匆匆的步武声中已在预告着明朝的课堂铃响了。只有幽闲拓大的水牛，间或有一二只放在空芜的草地上，带着个形而上学家的面孔，好像在嘲笑人生忙碌的光景。路虽宽广，但因小石面就，毕竟崎岖不平，爱牟右脚上的皮鞋，因在脚底正中早已穿破了一个窟窿，他走起路来总觉得脚心有些微痛。他跋塞着跟在同人的后头，行路是很缓慢的。他们约摸走了一个钟头的光景，将近要到茶巷了。瘦苍止住脚，叫嘉华引他们到东大池去，他到茶巷去寻人力车来再往太湖。

——"东大池？是甚么名胜地吗？"爱牟忍不住向嘉华发问了。

——"这里有一家别墅，是我们去年替你找就的，去年我们几次写信给你，叫你来你总不来，现刻还空着呢。我们去看一看罢，你看了定会满意。"

去年爱牟回国的时候，本打算不住在上海，想在邻近的乡下卜居，以便从事著作并领略些江南风味。嘉华们听了，便邀他往无锡。但是无锡他是到过的地方，三年前失望的经验使他生了戒心，所以终竟没有放下决心。荏苒将近一年，无锡他不曾来，别处他也不曾去，蛰居在上海市中使他从前的计划归了泡影，连他自己的妻儿也不能不折回日本去了。这是他失败史中的一页，从此不能扯去的一页！

瘦苍走向茶巷去了，四人改途向北，折入田地中的一条支路上去。路直趋山麓，走不多远有小学校舍一间，校门都是严闭着的。转过校舍后现出一面溶溶的大池，池水碧绿而不能见底。池形如像倒打一个问号一样，在撇尾的一点处，一座大理石的洋亭，是两叠两进的结构。亭下有石槛临池，左右有月桥，下通溪水。池之彼岸有松木成林，树虽不古而幽雅成趣。三面环山，左右形如环抱。爱牟和芳坞尼特都惊异了起来。

——"啊，有这样好的地方！"

——"有这样好的地方！"

——"这简直是世外桃源了！"

冷静的嘉华引着他们只娓娓地细说："这儿听说是前年才开辟出的，只有一个老人留守。我们在无锡住了五年，一直到了去年我们才在无意之中发现了这个地方。同学们都不知道，有的只说是荒凉了一点，但我们来看时全无荒凉的感觉。我们满心以为你们会来，把交涉都办好了，只要你们一回信，便请校长作函介绍，立地便可以居住的。留守的老人也非常欢喜，他以为他可以不寂寞了。"

沿着池东一直走过月桥，便走到别墅的区域。沿途有新植的梅花，已经开放。爱牟一路吒吸着梅花的清芬，静聆着流泉的幽韵，他的一心好像起了几分出尘的逸想，而他的一心又涌上了无穷的懊丧。"去年为甚么要辜负朋友的盛意终竟不肯来呢？我真是作孽自受！……"石亭后面是一面草场，草场尽处便是一列三间的住宅。住宅的形状颇类庙宇，屋浅无楼，结构本不甚美好，然而四方的风物也尽足补偿它的缺陷了。住宅右手还有一带翼房，留守的老人正在门前织履。

石亭拥立在假山石上。底层前为空阁，后为石窟。上层前为平台，后为亭屋。平台三面均有石栏，正中有圆形石案，有石凳环绕。登台一望，全池景色尽在眼中。风声鸟声，松声涧声，凝静之中，时流天籁。坐在这台上负暄，坐在这台上赏月，坐在这台上读书，坐在这台上作文，坐在这台上和爱人暖语，坐在这台上和幼子嬉戏，……这是多么可乐的情事哟！每当风清月朗之夜，清友来游，粗茶代酒，洞箫一声，吹破大千①的静秘；每当昼慵午倦之时，解脱衣履，沐浴清池，翡翠双飞，重现乐园的欢慰；或则大雨倾盆，环山飞瀑，赤足而走，大啸呼风；或则浓雪满庭，天地皓素，呼妻与子，同做雪人。啊，这是多么理想的境地哟？——但是，唉，但是，在爱牟现在是不能办到的了。他坐在平台的石栏上只自深深忏悔：

"啊，我是被幸福遗弃了的囚人，我的妻儿们都是被我牺牲了！"

嘉华劝他们今年再来，芳坞和尼特都主张立刻搬来，轮流居住，只是爱牟的心中填满了一腔的悔恨，他不愿意再和幸福相邻，他只愿在炼狱中多增加些苦痛。苦痛是良心的调剂，苦痛是爱情的代价，苦痛是他现在所应享的幸福了。他赞成芳坞

---

① 佛教名词，即"大千世界"或"三千大千世界"的简称，指释迦牟尼所教化的范围，以古须弥山为中心，同一日月所照的天下为一小世界，合一千个小世界为小千世界，合一千个小千世界为中千世界，合一千个中千世界为大千世界。

和尼特迁到此地来，而他终愿独留上海。

天色已渐渐移入晚景了，四人辞别了亭台，从池子西边走去，远远望见瘦苍已经回来迎接他们了。他们匆匆转上大路，改乘人力车先到太湖，路过梅园时还有很多人出园，及抵湖畔时，游人已经绝迹了。

太湖的风光使爱牟回忆起博多湾上的海景，渡过鼋鼍岬后，他步到岬前的岩石下掬了一握水来尝尝它的滋味，但是，是淡的。——"多得些情人来流些眼泪罢，把这太湖的水变咸，把这太湖的水变成泪海！啊，范蠡哟，西施哟，你们是太幸福了！你们是度过炼狱生活来的，你们是受过痛苦来的，但在这太湖上只有你们的笑纹，太湖中却没有你们的泪滴呢。洞庭山上有强盗——果真有时，我想在此地来做个喽啰。"

太阳快要坠落了，湖上的七十二峰，时而深蓝，时而嫩紫，时而笼在模糊的白霭里。西天半壁的金光使湖水变成橙黄，无人的鼋鼍岬上已弥满着苍茫的情调。他们被船夫催促，只得又渡回岸来。走到梅园的时候，长庚星①已经琳琅地高悬在中天了。

——"这样的梅花有甚么探赏的必要！梅花关在园子里面，就好像清洁的处女卖给妓院了的一样。"

---

① 即"金星"，太阳系九大行星之一。我国古代把金星昏见叫"长庚"，晨见叫"启明"，或称"太白""明星"等。

爱牟在黯淡的梅花树下只仰头看望星星，旁边嘉华说道：

——"啊啊，大犬星①已经出现了。大犬星下正南的一颗大星是甚么？"

——"那怕是南极老人②罢。"

爱牟这样答应嘉华，但他却远远看见一对男女立在昏茫的旷野里。女的手持着洋烛，用手罩着西北风，免得把烛吹熄，手指被灯光照透，好像一条条的鲜红的珊瑚。男的按着图谱，正在寻索星名，只听女的问道：

——"那北斗星③下鲜红的一颗大星是甚么？"

男的把头举起来，看了一会又找寻图谱："唔，那是牧夫④呢。"

——"那同牧夫品起的一颗清白的星子呢？"

——"……那是少女呢。牧夫燃到了那个样子，少女总是淡淡的。"

——"你在说些甚么？"女人的声音带些笑意了。只见男的把她手中的烛光吹熄，两人在天星之下拥抱着了，紧紧地接吻着。……

————————

① 通称大犬座。南天星座之一。其中α星（中名天狼星），是天空最亮的恒星。

② 通称"老人星"，即"船底座α星"，又叫"寿星"。

③ 也叫"北斗七星"。在北天排列成斗（或杓）形的七颗亮星。属大熊座。

④ 即牧夫座。座中α星（中名"大角"），是北天三大明星之一。

——"爱牟！我们走罢，明天还要到苏州去呢！"芳坞和尼特瘦苍两人在园中各处游了一回走来呼唤爱牟，爱牟才从他的幻觉中回到自己来，他所看见的，只是四年前的他和他的夫人。

——"啊，走罢，嘉华，我们走罢。"

五人同回无锡城外，在一家旅馆中过夜。谈到十二点过后各人都倦于一日的巡游，早沉沉地睡熟了，只有爱牟一人总是不能合眼。他夫人的棉衣今晚不能带来，他夫人的相片来时也忘记了揣在衣包里，这怕是他不能睡熟的最大的原因了。耿耿一夜，左思右想的仍不外是些追怀和后悔，他有时也想到他家中的父母，有时又想到索性到广东去从军，可以痛痛快快地打死一些人，然后被一个流弹打死。假使朝鲜人能够革命，他又想跑去效法拜伦①……一些无系统的思想，一直缠绕着他到天亮。

他决心不再往苏州去了。十二点半钟，和嘉华瘦苍在车站上握手告别之后，芳坞和尼特在苏州下了车，爱牟一人便一直坐到上海。他回到上海后，又在他的斗室之中，过送着炼狱的生活了。

----

① 拜伦（G. G. Byron，1788—1824），英国浪漫主义诗人，著有长篇叙事诗《恰尔德·哈洛尔德游记》《唐璜》等。他于1817年迁居意大利，参加烧炭党人反对奥地利的斗争。1823年又到巴尔干，参加希腊人民反对土耳其压迫的民族解放斗争。次年不幸病逝。

十字架

　　住在上海的时候使你受了多少累赘，临行真真是又劳苦了你不少了。我们不能不暂时离开你走，我是只有眼泪。临走的那天，天气还好，但从正午以后海便荒暴起来，我是真正吃苦了。三个孩子都吐，和儿吐得顶厉害，但是第二天也就好了。我是连动也不能动，就好像死了的一样。到长崎的时候又是大风，雪是落得非常厉害的。到福冈的时候已经是晚上了，便在石川家里寄宿，T君也在那里留宿了一夜，第二天他就走了。

　　在石川家里只宿了一晚上，我们便到御虎家的楼上来了，楼居是很危险的，两天后又要搬家。小孩太多，楼上一个人是不能住的，并且又是破了的房子，真是冷得没法，冷得没法呢。租了一家二十块钱一个月的房子，念到孩子们的分上，家后有菜园，有橘子树，觉得也好。

　　在回上海以前从我们住过的那家楼上不是可以望见的吗？在邻近有一家有园子的，便是现在所说的住家了。本想先问你后再定夺，但为儿们设想，很想早一刻移住稍为好一点的房子，所以一个人便决定了，虽是觉得太贵了一点。现刻虽还住在此地，待二三天后便想搬过去了。两天前吃饭是在石川家里吃的，太久了觉得对不住，从昨天起我在自己做饭吃了。

你在上海的生活又是怎么样呢？

我们是无论走到甚么地方都是一样，只是到此地来后甚么人的生活也免得看见。只有这一点好。孩子们都很欢喜的样子。

我依然是寂寞，无论走到甚么地方去，一种深不可测的孤独的悲哀好像洄漩一样旋涌起上来。

想写的很多，但没安定，随后慢慢写罢。

今天刮大风，下大雪，冷得无言可喻。把佛儿背着，买了东西回来又煮饭，觉得很疲倦。

别来不过才半个月的光景，就好像已经隔了一年的一样。

移到这里以来，每天天气都不好，真是窘人。大前天天气晴了，把三个孩子带着上街去买东西，走过电影馆的时候，孩子们说要看，便引他们进去看了。领着三个孩子看电影，真是再苦也没有的事呢。回来的时候，各人吃了一碗汤面。佛儿真个重起来了，背了半天，夜来身子痛得不能动弹了。

回家来把门开开，又起火，又煮饭，真是累人。岑寂的家中，寒冷的夜气侵人，彻入骨髓一般地冰冷。我的心境是陷在无论如何无论如何也说不出来的一种状态里面的。夜到深时也不能睡熟，孩子们因为倦了，都立刻睡熟了。还是只有孩子们好，无论走到甚么地方，都没有不安的心事。

好像想写的东西很多，但一写起来，这样也想不写，那样也想不写，结局是甚么也不能写下去了。这是因为想起你在上海的生活的缘故。真的，我们的生活真是惨目！我们简直是牛马，对于十分苛酷地被人使用了的不幸的牛马，人是没有些儿同情，没有些儿怜悯的一样。我们的生活简直是一点同情一点怜悯都不能值得！周围的人都觉得可羡慕，他们只在被赋与的世界里面享着幸福过去。

像我这无力的人简直没有法子。被赋与了的东西也被剥夺了，把持着了的东西也失掉了，我以后正不知如何。在心里留剩着的只有这么一点，女人到了三十无论做甚么事情都迟了！我是只有这一点遗恨。孩儿的爹爹，我对你说，人生是怎样短促的哟！这虽是甚么人都知道的事体，但是实际上浸润在身心的很少。

我们走后你在上海生活是怎么样呢？

不知道为何，只是这样被深不可测的悲寂恼乱着。从上海带来的点心，也在今天吃完了。夜半不能睡的时候，一个人取出来吃。每天每天，想起来的时候便吃，也把给孩子们吃。虽是稍稍顾惜着在吃，但是到了今天，蜜枣也吃完了，甚么也吃完了。

这边百物都贵，贵得没有道理。小小的鲷鱼一匹也要两毛钱，孩子们一人不把一匹给他们的时候又不够。佛儿是吃的牛奶和粥。

　　今天风很大，简直不能外出。

　　随后再写。

　　爱牟夫人回日本后将近三个礼拜了，还不曾有甚么消息转来。起初写信去恳求，后来渐渐生怒，又后来渐渐怀疑以为是生出甚么意外了。——在这样摇曳不定的情绪之下苦恼着的爱牟，在今天的早晨，突然才接到了这么一封长信。他急切地揭开信来展读，比得着天来的灵感时还要急切，还要兴奋的一样，他的心尖很迅速地战颤起来，胸腔紧张得好像要爆裂，读一句，他的眼鼻只是涨痛一次。

　　信是用铅笔写的，字迹异常草率，儿童们在旁边骚扰的光景，可以历历看取。信的后半部更显然是夜深人静后牺牲着睡眠的时间写的了。一面忧心着目前的儿童，一面又挂念着海外的丈夫，应该欢聚的生活却不能不为生活分离，应该乐享的爱情却不能不为爱情受苦。做母亲的心，做妻的心，一时把她引到天涯，一时又把她引回尺咫。在空阔的陋室中，在冷寂的夜气中，一个孤独的女人，描写着生离的恨绪。这在不关休戚的人看来，就如像在杀人场上看见了处决死囚，看见了别人的血肉横飞，身首异处，倒可以感受些鉴赏悲剧的快感。但在身当其事的人，在与当事者有切肤之痛的人，他们的悲哀，他们的眼泪，是不能用科学的方法来计算的了。

"啊，他们是安抵了福冈，只有这一点是可以感谢的。"

爱牟一面读着，一面潜潜地感谢着。读了一遍又读一遍，他的眼泪只如贯珠一样滴落在信纸上，和纸上旧有的泪痕，融合而为一体。

"啊啊，不错，我们真正是牛马！我们的生活是值不得一些儿同情，我们的生活是值不得一些儿怜悯！我们是被幸福遗弃了的人，无涯的痛苦便是我们所赋与的世界！女人哟！女人哟！你为我而受苦的我的女人哟！我们是甚么都被人剥夺了，什么都失掉了，我们还有甚么生存的必要呢！"

"不错，人生原是短促的！我们为空间所囿，我们为时间所囿，我们还要受种种因袭的礼制，因袭的道德观念的凌辱，使我们这简短的一生也不得享受一些儿安慰。我们简直是连牛马也还不如，连狗彘也还不如！同样的不自由，但牛马狗彘还有悠然而游，怡然而睡的时候，而我们是无论睡游，无论昼夜，都是为这深不可测的隐忧所荡击，都是浮沉在悲愁的大海里。我们在这世间上究竟有甚么存在的必要，有甚么存在的必要呢！我们绞尽一些心血，到底为的是甚么？为的是替大小资本家们做养料，为的是养育儿女来使他们重蹈我们的运命的旧辙！我们真是无聊，我们的血简直是不值钱的苋菜水，甚么叫艺术，甚么叫文学，甚么叫名誉，甚么叫事业哟！这些镀金的套狗圈，我是甚么都不要了。我不要丢去了我的人性做个甚么艺术家，我只要赤裸裸的做着一个人。我就当讨口子也可以，我就死在海外也可以，我是要做我爱人的丈夫，做我爱子的慈父。我无论别人骂我是甚么都可以，我总要死在你们的怀里。女人哟，女人哟，女人哟，你为我而受苦的我的女人哟！我是你的，我是你的，我永远是你的！你所把持着的并未失掉，你所被赋与的并未被人剥夺呢！我不久便要跑到你那里去，实在不能活的时候，我们把三个儿子杀死，然后紧紧抱着跳进博多湾里去吧！你请不要悲哀，我是定要回来，我们的杂志快要满一周年了，我同朋友们说过，我只担负一年的全责，还只有三四十天了，把这三四十天的有期徒刑住满之后，无论续办与否，我是定要回来的。我们是预备着生，还是预备着死，那时候听你自由采决，我是甚么都可以。你所在的地方我总跟你去。无论水也好，火也好，铁道自杀也好，我总跟你去。我誓不再离开你一刻儿，你所住的地方我总跟你去的呀！……"

他自言自语地发了一阵牢骚，又痛痛快快地流了一阵眼泪，他的意识渐渐清晰了起来。他是在一个小小的堂屋里踱来踱去地步着。时候已近午后两点钟了，淡淡的阳光抹过正面的高墙照进窗来，好像是在哀怜他，又好像是在冷笑他的光景。堂屋里除去一些书橱桌椅之外，西壁正中钉着一张歌德[①]

---

①　歌德（J. W. Goethe，1749—1832），德国诗人、学者，主要作品有《浮士德》《少年维特之烦恼》等。

的像，东壁钉着一张悲多汶①的像，这两位伟大的艺术家都带着严厉的面孔好像在鄙夷他的样子。"你这样意志薄弱的低能儿！你这忧郁成性的白痴！你的生活是怎样的无聊，你的思想是怎样的浅薄，你的感情是怎样的自私！像你这样的人正是亵渎艺术的罪人，亵渎诗的罪人！……"这种尖刻的骂声，好像从两壁中迸透出来，但是他也全不介意，他只是在堂屋中踱来踱去地步着。"悲多汶哟，歌德哟，你们莫用怒视着我，我总不是你们艺术的国度里的居民，我不再挂着你们的羊头卖我的狗肉了。我要同你们告别，我是要永远同你们告别。"他顾盼着两人的像片自语了一阵，不禁带着一种激越的声音又讴吟了起来：

去哟！去哟！
　　死向海外去哟！
　文艺是甚么！
　名誉是甚么！
这都是无聊无赖的套狗圈！
　我把我这条狗儿解放，
　飘泊向自由的异乡。

———————

　① 悲多汶（L. Beethoven，1770—1827），通译贝多芬，德国作曲家。

海外去！海外去！
　　死向海外去！

去哟！去哟！
　　死向海外去哟！
　家国也不要，
　事业也不要，
我只要做一个殉情的乞儿，
　　任人们要骂我是禽兽，
　　我也死心塌地甘受。
海外去！海外去！
　　死向海外去！

去哟！去哟！
　　死向海外去哟！
　火山也不论！
　铁道也不论！
我们把可怜的儿子先杀死！
　　紧紧地拥抱着一跳，
　　把弥天的悲痛同消。
海外去！海外去！
　　死向海外去！

他反反复复地讴吟，起初只是一二句不整饬的悲愤语，后来渐渐成了这么一首歌词。这是文人们的一种常有的经验，每到痛苦得不能忍耐的时候，突然经一次的发泄，表现成为文章，他的心境是会渐渐转成恬静的。爱牟也玩味到这种心境上来了。不怕他的心中，他的歌中，对于文艺正起了无限的反抗，但他却从衣包中搜出了一枝铅笔来，俯就桌上，把他夫人的来信翻过背面来，便写上了他这首歌词。信上的泪痕还有些是湿的，写时每为铅笔刺破，但他也不回避，只是刺刺的写，好像他所把捉着了的东西，深恐失掉了的一样。他写好了后，又反复念了一回，他只觉得他的心尖异样的战栗。他索性寻了些信笺出来，想趁势给他夫人写一封回信去，并想把这首歌翻译成日文，写寄给她。但他才要下笔的时候，大门的门环响了。

——"这儿是爱牟先生的贵寓吗？"

——"是的。"

——"爱牟先生在家吗？"

——"我便是。"

——"哦哦！"

两位客人特别表示了一番敬意，但他们的眼光有几分不相信的样子。爱牟把他们请进客厅，他们便各各道了姓氏；其实在他们刚进门时，爱牟看见他们的容貌，听见他们的声音，早就知道他们的来历了。

他们是从四川的C城来的。在两礼拜前C城的红十字会给爱牟拍了一张电报来，仍然要找他去当医生，说不日当派员携款来迎，务希俯就等等。隔不几日爱牟又接到他的长兄由C城寄来一封快信：

　　爱牟仁棣如面：在叙在渝在万时均有函致弟，迄未得一复，不知吾弟究系何意，总希明白表示。顷C城红会致我一函，附有电稿，特连函送吾弟一阅，便知此中底蕴。须知现在世局，谋事艰难，谋长远之事尤难，红会局面较大，比之官家较为可靠，幸勿付之等闲也。父母老矣，望弟之心甚切，迅速拼挡，早日首途来渝，一图良晤，至盼至嘱。顺询近好，并候晓芙母子旅祺。兄W再拜。二月十三日泐。

　　W仁兄亲家大鉴：爱牟兄准定聘请，月薪四百，现因经费支绌，暂作八成开支，一俟经费充足，即照约开支。即希台端备函转致，诚恐爱牟兄在沪就聘他事。今日由弟电达，缓日派员携款去申迎驾。电稿附呈台览。顺请文安。小弟K顿首。

另外还有电稿一通，和以前所接的电文一样。

他的长兄一向是在C城办事的。红会的事，两年前便替他经营好了。去年在他回国的时候，曾经由红会给他送过旅费到

92

日本去，但是错过了，旅费又打转去了。他回到上海来将近一年，他的长兄在朋友处打听了他的住所，接连写了几封信来，他一概不曾回信。他的长兄爱他的心情很深，他的父母思念他的心情更切，他们都望他早早回家，但他们却不能谅察他之所以不想回家的心理。

十一年前他是结过婚的，结婚后便逃了出来，但他总不敢提出离婚的要求，他知道他的父母老了，那位不相识的女子又是旧式的脑筋，他假如一把离婚的要求提出来，她可能会自杀，他的父母也会因而气坏。九年前他有一位妹子订婚的时候，他写信反对，发过一次牢骚，说甚么"嫁鸡随鸡，嫁狗随狗，嫁得一个臭蛤蟆，也只得饱吃一口"的话，他的父母竟痛责了他一场，那位妹子也寻了好几次短见。他和他的夫人晓芙自由结了婚，他的父母也曾经和他断绝过通信息，后来念到生了孙子，又才宽恕了他。但他家中写信给他的时候，定还要称他的夫人是"妾"，称他的儿子是"庶子"，这是使他最伤心，最厌恨不过的字面。几次决定写信回家去离婚，但终可怜老父老母，终可怜一个无罪无辜只为旧制度牺牲了的女子。他心里想的是："纵横我是不愿仰仗家庭，我是不愿分受家中丝毫的产业的，我何苦要为些许形式，再去牺牲别人！父母不愿意离她，尽可以把她养在家中做个老女；她也乐得做一世的贞姑。照人道上来说，她现在的境遇，只是少一个男子陪伴罢了，我不能更逼她去死，使我自己担负杀戮无辜的罪名。"——他怀着这样的宗旨，所以他便决定了永远和家庭疏远的办法。最能了解他的是他的长兄，但是他的这层苦衷，他却不曾知道。他的长兄只是希望他迅速回C城，但他怎能够回去呢？C城更和他的家挨近了。他想到十一年不见的老父，十一年不见的老母，十一年不见的兄弟姊妹，十一年不见的故乡，他也有终夜不能成寐的时候；但是，要叫他回家，他是不可能，怕永远不可能的了。"我的父亲，我的母亲哟，我今生今世怕已不能和你们相见，你们老来思子的苦心，我想起便时常落泪，但是我无法安慰你们，我只好使你们遗恨终古了。我的兄弟姊妹们哟！你们望我的心，你们爱我的心，我都深能感受，但是我们今生今世怕也没有再见的希望了。我们是枉自做了骨肉手足一场，到头我们是互相离隔着到死。住在我父母家中的和我做过一次结婚儿戏的女人哟，我们都是旧礼制的牺牲者，我丝毫不怨望你，请你也别要怨望我罢！可怜你只能在我家中作一世的客，我也不能解救你。……"他想起他的家庭的时候，每每和着眼泪在无人处这样的呼号，但是，他的苦情除他自己而外，没有第二人知道。

——"我们是奉了会长的命令来的，命令我们来迎接先生。这是会长的信，这是令兄先生的信，还有一张汇票，我是揣在怀包里的，路上的扒手很多呢。"来客的一位把信交了，一位解开衣裳在最里一层衬衫里又取出一张一千两银子的汇票来。红会的信和爱牟长兄的信，内容大抵和前回的相同。只是多说了几句派了甚么人来接和送了一千两银子来做旅费的话。爱牟一一把信检阅了，他当面对来人说他不能回去，也说了一些不能回去的原因。汇票他不愿接受，叫他们回四川时一道带回去。

——"我们受了会长的命令交给先生，交给了先生我们便算是尽了职分，否则我们将来会讨会长的怪。会长很希望先生回去呢。"

——"医院里面不是说有两个德国医生吗？"

——"是，是有两个，中国医生也还有三十几个呢。"

——"哦，有那么多的人，那更用不着我回去了。"

——"但是，人还不够用呢！'二军'一败，打伤几千丢在那儿，我们不能不去医；'一军'又一败，又打伤几千丢在那儿，我们也不能不去医，所以人手总是不够用的。"

——"那也没有办法了。军人们这么爱打仗，就把四川全省的人都弄成太医，恐怕也不够用罢。"

——"吓，吓，吓吓吓……"

一千两银子的汇票，来人终始不肯拿去，爱牟只得权且收下。他写了一张收据交给来人，他们便匆匆地告别，走了。

淡淡的阳光仍然还照进窗内，客堂里的微尘静静地在空中游戏。爱牟想写信给他夫人的兴头被来人打断，他的意识的焦点又集中到这一千两银子的汇票上来了。有生以来第一次接到手里的这么一笔巨款！这对于他隐隐是一个有力的诱惑了。他想："我假如妥协一下，把这汇票换成钱，跑到日本去把妻儿接回来，再一路回C城，那我们以后的物质的生活是可以再无忧虑的了。一月有三百二十块钱的薪水，即使把一百二十块钱作为生活费，也可穷奢极侈。余钱积聚得三五年，已尽有中人之产，更何况将来的薪水还可望增加，薪水之外还可以弄些外润。……"但是他又想到，他一回到C城，便不能不回家；即使不回家，家里人也自会来，那时旧式婚姻的祸水便不能不同时爆发。父母是绝对不能和他一致的，人命的牺牲是明于观火的，他决不能为自己幸福的将来牺牲别人的性命，而且还可能牺牲他自己的年已耄耋的老父老母的性命。

"啊，父母哟！父母哟！请原谅你的儿子罢！你的儿子忍心不回来，固然是不孝，但是你的儿子终竟不忍回来，也正是出于他的还未丧尽的一点孝心。你儿子回来了，便会把人害死，便会把你两老人害死，这教你儿子怎么能够忍心呢？父母哟！父母哟！我是永远不能和你们相见了！"

他这么思念到他的父母，又不禁浸出了眼泪来。他知道他的父母，尤其是他的母亲，是最痛怜儿女的人，他还未出国的时候，他的长兄次兄都曾出过东洋，他的母亲思念起他们时，时常流泪，时常患着心痛的情形，他是知道得最详细的。他母亲时常说：绝对再不要爱牟出洋，因为她的心已经碎了，再经不着牵肠挂肚了。在十一年前爱牟结了婚，不三天便借故出门，说要上省进学，他母亲亲自送他上船，在船离岸时候还谆谆谆告诫他：

——"牟儿，你千切不要背着娘，悄悄跑到外国去啊！"

他为他母亲这句话在船上悲痛了好一场，他当时还做过一首诗，而今都还记得：

> 阿母心悲切，送儿直上舟。
> 泪枯惟刮眼，滩转未回头。
> 流水深深恨，云山叠叠愁。
> 难忘江畔语，休作异邦游。

但是他终竟背着了他的母亲逃到了日本，并且别来便一十一年了！在这十一年中间，他母亲思念他所流的眼泪，正不知道有多少斗斛了。他母亲今生今世不能再见他一面，一定是到死都不能瞑目的了。爱牟时常对他的夫人说：他一生的希望也只想回去再见母亲一面，但是他不能回去，他也不忍回去。啊，旧式的婚姻制度的功果哟！世间上有多少父母，多少儿女，同样在这种磔刑之下，正忍受着多少难疗的苦痛哟！

"啊！算了！这金钱的魔鬼！我是不甘受你的蹂躏，你且看我来蹂躏你罢！"

爱牟突然把那一千两的汇票，和着信封把来投在地板上，狠狠地走去踏了几脚，他不回C城决心愈见坚定了，他立刻便分别写了两封信，一封写给他的长兄，一封写给红会的会长，把汇票也封在里面，坚决地把关聘辞退了。回头又把他夫人的信来读了一遍，他接着便写一封信去答复她：

　　晓芙，我的爱妻：你的信我接到了。我在未接到你的信前是如何伤心，我在既接到你的信后又是如何伤心，你该能想象得到罢。你的悲苦我是晓得的，我现在也不能说些无谓的话来安慰你；我现在所能说的只有这一句："我在三四礼拜之后便要回到你那里去了。"我想这一点或者可以勉强安慰你罢。我把所有的野心，所有的奢望，通同忏悔了。我对于文学是毫无些儿天才，我现在也全无一点留恋。我还不能不再住三四礼拜的缘故你是晓得的，我们的杂志要到那时才能满一周年，我对于朋友的言责是不能不实践的。

　　今天刚接到你的信后，四川的C城红十字会派人来接我们来了，大哥他还不知道你和儿子们都回日本去了呢。红会送了一千两银子来做路费，我拒绝了它，同时把路费也给它送回去了。我拒绝它的原故，想来你当能了解我罢？我固不愿做医生，我尤不愿回C城。C城和我家乡接近了，一场纠葛不得不决裂，我不愿我的父母到老来还要作我的牺牲。这是我所不能忍的，又是为我的原故使你不能不受苦，请你原谅我罢！我永远是你的所有，你所在的地方，我总要跟你来，你便叫我死，我也心甘情愿。

我还要告诉你一件事体，前几天我到无锡去过一回，去年夏天无锡的朋友们不是说替我们找到一个住所吗？那个住所真好，我此次跑去看了来，很可惜去年我们没有搬去。倘使去年我们是去了的话，我们的生活，或许不会如许落寞，你也不会转回日本去了。但是，过往了的事悔也是来不及的。我现刻对于生活的压迫，却一点也感不着甚么了，我有解决它的一个最后的手段，等我到日本后再向你说罢。最痛快的事情是我今天把一千两银子的汇票来蹂躏了一次——真个是用脚来蹂躏了一次。金钱哟！我是永不让你在我头上作威作福了！我到日本去后，在生理学教室当个助手总可以罢，再不然我便送新闻①也可以，送牛奶也可以，再不然，我便要采取我最后的手段了。到日本后再说。

　　为我抱着孩子们多接几个吻。

　　他草率地把几封回信写完之后，时候已经将近四点钟了。身上好像放下了莫大的负担，心里也疏畅了许多，只是两眼觉得异常干涩，他便把纸笔检好，又去打了一盆冷水来洗了一次脸，把几封信搋在衣包里，打开后门出去。

---

　　① 指报纸。

一千八百九十一年前同着耶稣钉死在Golgotha①山上的两个强盗中的一个，复活在上海市上了。

---

　　① 各各他，基督教《圣经》中的地名，意为"髑髅地"，耶稣最后被钉上十字架的地方。当时同耶稣一起被钉在十字架上的还有两个强盗。事见《新约全书·马太福音》第二十七章。

第二辑

山川与踪迹

人不是那么容易为恶的，受尽种种良心上的制裁，做出一种恶事，心里所受的不快，怕与登山时的苦楚无甚增减。偶尔做出一件善事，心里所生的快感，也怕和这下山时的快感无甚损益。

峨眉山下

我的故乡是在峨眉山下，离嘉定城有七十五里路。大渡河从西南流来，在峨眉山的第二峰和第三峰之间打了一个大湾，又折而向东北流去。因此我的家所在地，就名叫沙湾。地在山与水之间，太阳是从大渡河的东岸出土，向峨眉山的背后落下去。

山很高，除掉时为浓雾所隐藏，或冬天来很早就戴上雪帽之外，一片青苍，没有多么大的变化。

水流虽然比起上游来已经从群山之中解放了，但依然相当湍激，因此颇有放纵不羁之概；河面相当辽阔，每每有大小的洲屿，戴着新生的杂木。春夏虽然青翠，入了冬季便成为疏落的寒林。水色，除夏季洪水期呈出红色之外，是浓厚的天青。远近的滩声不断地唱和着。

外边去的人每每称赞这儿的风景很好。有山有水，而且规模宏大，胜过江南。论道理是该有它的好处，但不知怎的，我自己并不感觉着它的美。这或许是太习惯了的原故吧？我到十三岁下乐山城读书为止，每天朝夕和它相对，足足十三年，怕因此使我生出了感觉上的麻木吧？

真的，就是现在，我对于它也没有留恋。旧时代的思乡情绪，在我是完全枯涸了。或许是不应该，但我不想掩饰。倒是乐山城的风物，多少还有使我留恋的地方，那便是乌尤山附近和那对岸的大坝。其所以使我留恋者倒并不因为故，而是因为新。

我在乐山城住小学、中学，一共住了四年，奇妙的是和城仅隔一衣带水的乌尤山，我却一次也不曾去过。

乐山城本身并没有什么好处。虽然王渔洋[1]说过"天下之山水在蜀，蜀之山水在嘉州[2]"，但这所说的应该不是指的城的本身吧。

大渡河和南下的岷江在城的东北隅合流而东行，和城相对的北岸有凌云山、乌尤山、马鞍山，鳞次而立，与西南面的峨眉三峰遥遥相对。在凌云山上有唐代韦皋镇蜀时海通和尚所凿成的与山等高的石佛，临江而坐。山顶又有苏东坡的读书楼。因此这个地方一向便成为骚人墨客所好游的名地。

乌尤山本名乌牛山，以山木葱茏、青翠之极有类于乌，而形则似牛，故名乌牛。一说秦时蜀郡太守李冰所凿离堆即此。它是与岸隔绝了的一座孤耸的岛屿。由乌牛而乌尤，是王渔洋

---

[1]　王渔洋，即王士禛（1634—1711），字子真，号阮亭，又号渔洋山人，山东新城（今桓台）人。清代诗人。

[2]　乐山县旧为嘉定府的首县，故古时又称嘉州。——作者注

使它雅化了的。山上有乌尤寺，有汉代郭舍人注《尔雅》处的尔雅台。论山境的清幽，乌尤实在凌云之上。

奇怪的是我在乐山读书的四年间，正是我十三岁至十六七好游的少年时期，我虽然常常往游凌云，而却不曾去乌尤一次。游乌尤，是在抗战期中回乡，离开了故乡二十六年后的1930年。凌云是彻底俗化，而且颓废了。石佛化了装，一个面孔被石灰涂补得不成名器。东坡楼住着些散兵游勇。洗砚池是一池的杂草。但乌尤山却给予了我新鲜的感触。毫无疑问，是要感谢我是第一次的来游。

乌尤寺同样带着浓厚的俗气，并不佳妙。但山的本身好，树木好，山道好。尔雅台在危崖头，下临大江，在林深箐密中只能听得下面的滩声，而看不出流水，那也恰到好处。我就喜欢这些。晚间或凌晨，在那山下浮舟，有一种清森的净趣，也很值得玩味。

王渔洋所赏识的应该是这些地方吧？只有这些还使我有些系念。那山对岸的胡家坝，一片空阔也令人有心胸开朗之感。但这情趣也是我在1940年回乐山时才领略了的，学生时代也不曾前去玩味过。

假使要把范围放宽些，乐山城也应该可以说是我的故乡。但不应该得很，我对于它怎么也引不起我的怀乡病了。是我自己的感情枯涸了吗？还是时代使然呢？

峨眉山对我倒还保持着它的神秘性。我虽然在那山下活了十几年，但不曾上过山去。因此它的好处，实在我也不知道。专为好奇心所驱遣，如有机会去游游金顶，我倒也并不反对。峨眉山之于我，也仿佛泰山之于我一样了。

1946年12月22日

重庆值得留恋

在重庆足足呆了六年半，差不多天天都在诅咒重庆，人人都在诅咒重庆，到了今天好些人要离开重庆了，重庆似乎又值得留恋起来。

我们诅咒重庆的崎岖，高低不平，一天不知道要爬几次坡，下几次坎，真是该死。然而沉心一想，中国的都市里面还有像重庆这样，更能表示出人力的伟大的吗？完全靠人力把一簇山陵铲成了一座相当近代化的都市。这首先就值得我们把来作为精神上的鼓励。逼得你不能不走路，逼得你不能不流点小汗，这于你的身体锻炼上，怕至少有了些超乎自觉的效能吧？

我们诅咒重庆的雾，一年之中有半年见不到太阳，对于紫外线的享受真是一件无可偿补的缺陷。是的，这雾真是可恶！不过，恐怕还是精神上的雾罩得我们更厉害些，因而增加了我们对于"雾重庆"的憎恨吧。假使没有那种雾上的雾，重庆的雾实在有值得人赞美的地方。战时尽了消极防空的责任且不用说，你请在雾中看看四面的江山胜景吧。那实在是有形容不出的美妙。不是江南不是塞北，而是真真正正的重庆。

我们诅咒重庆的炎热，重庆没有春天，雾季一过便是火热地狱。热，热，热，似乎超过了热带地方的热。头被热得发昏了，脑浆似乎都在沸腾。真的吗？真有那样厉害吗？为什么不曾听说有人热死？不过细想起来，这重庆的大陆性的炎热，实在是热得干脆，一点都不讲价钱，说热就是热。这倒是反市侩主义的重庆精神，应该以百分之百的热诚来加以赞扬的。

广柑那么多，蔬菜那么丰富，东西南北四郊都有温泉，水陆空的交通四通八达，假使人人都有点相当的自由，不受限制的自由，这么好的一座重庆，真可以称为地上天堂了。

当然，重庆也有它特别令人讨厌的地方，它有那些比老鼠更多的特种老鼠。那些家伙在今后一段相当时期内，恐怕还要更加跳梁吧。假如沧白堂[①]和较场口的石子没有再落到自己身上的份时，想到尚在重庆的战友们，谁能不对于重庆更加留恋？

1946年4月25日

---

① 沧白堂是旧时纪念杨庶堪（字沧白）的建筑，在重庆临江门附近。1946年春间各民主党派曾在那儿举行几次讲演会，屡遭国民党特务投石捣乱。——作者注

梅园新村之行

梅园新村也在国府路上，我现在要到那儿去访问。

从美术陈列馆走出，折往东走，走不好远便要从国民政府门前经过。国府也是坐北向南的，从门口望进去，相当深远，但比起别的机关来，倒反而觉得没有那么宫殿式的外表。门前也有一对石狮子，形体大小，并不威武。虽然有点近代化的写实味，也并不敢恭维为艺术品。能够没有，应该不会是一种缺陷。

从国府门前经过，再往东走，要踱过一段铁路。铁路就在国府的墙下，起初觉得似乎有损宁静，但从另一方面想了一下，真的能够这样更和市井生活接近，似乎也好。

再横过铁路和一条横街之后，走不好远，同在左侧的街道上有一条侧巷，那便是梅园新村的所在处了。

梅园新村的名字很好听，大有诗的意味。然而实地的情形却和名称完全两样。不仅没有梅花的园子，也不自成村落。这是和《百家姓》一样的散文中的散文。街道是崎岖不平，听说特种任务的机关林立，仿佛在空气里面四处都闪耀着狼犬那样的眼睛，眼睛，眼睛。

三十号的周公馆，应该是这儿的一座绿洲了。

小巧玲珑的一座公馆。庭园有些日本风味，听说本是日本人住过的地方。园里在动土木，在右手一边堆积了些砖木器材，几位木匠师傅在加紧动工。看这情形，周公似乎有久住之意，而且似乎有这样的存心——在这个小天地里面，对于周围的眼睛，示以和平建设的轨范。

的确，我进南京城的第一个感觉，便是南京城还是一篇粗杂的草稿。别的什么扬子江水闸，钱塘江水闸，那些庞大得惊人的计划暂且不忙说，单为重观瞻起见，这座首都的建设似乎是刻不容缓了。然而专爱讲体统的先生们却把所有的兴趣集中在内战的赌博上，而让这篇粗杂的草稿老是不成体统。

客厅也很小巧，没有什么装饰。除掉好些梭发之外，正中一个小圆桌，陈着一盆雨花台的文石。这文石的宁静、明朗、坚实、无我，似乎也就象征着主义的精神。西侧的壁炉两旁，北面与食厅相隔的左右腰壁上，都有书架式的壁橱，在前应该是有书籍或小摆设陈列的，现在是空着。有绛色的帷幕掩蔽着食厅。

仅仅两个月不见，周公比在重庆时瘦多了。大约因为过于忙碌，没有理发的闲暇吧，稍嫌过长的头发愈见显得他的脸色苍白。他的境遇是最难处的，责任那么重大，事务那么繁剧，环境又那么拂逆。许多事情明明是知其不可为而为，但却丝毫也不敢放松，不能放松，不肯放松。他的工作差不多经常要搞个通夜，只有清早一段时间供他睡眠，有时竟至有终日不睡的时候。他曾经叹息过，他的生命有三分之一是在"无益的谈判"里继续不断地消耗了。谈判也不一定真是"无益"，他所参预的谈判每每是关系着民族的生死存亡，只是和他所花费的精力比较起来，成就究竟是显得那么微末。这是一个深刻的民族的悲哀，这样一位才干出类的人才，却没有更积极性的建设工作给他做。

但是，轩昂的眉宇，炯炯的眼光，清朗的谈吐，依然是那样的有神。对于任何的艰难困苦都不会避易的精神，放射着令人镇定、也令人乐观的毅力。我在心坎里，深深地为人民，祝祷他的健康。

我自己的肠胃有点失调，周公也不大舒服，中饭时被留着同他吃了一餐面食。食后他又匆匆忙忙地外出，去参加什么会议去了。

借了办事处的一辆吉普车，我们先去拜访了莫德惠和青年党的代表们。恰巧，两处都不在家，我们便回到了中央饭店。

今津纪游

一

"不识庐山真面目，只缘身在此山中。"

我们人类好像都有种骛远性。当代的天才，每每要遭世人白眼。意大利诗圣但丁，生时见逐于故国，流离终老，死后人始争以得葬其骸骨为地方之荣。俄国文豪杜斯妥逸夫司克，生时亦受尽流离颠沛窘促之苦，死后国人始争为流涕以尽哀。这种要算是时间上的骛远性了。空间上的骛远性，我把我自己来举个例罢。我是生长在峨眉山下的人，在家中过活了十多年，却不曾登攀过峨眉山一次。如今身居海外，相隔万余里了，追念起故乡的明月，渴想着山上的风光，昨夜梦中，竟突然飞上了峨眉山顶，在月下做起了诗来。

不再扯远了。我来福冈市，已经将近四年。此地的博多海湾，是640年前，元军第二次东征时全军覆没的地点。当时日人在博多沿岸，各处要隘之地筑垒抵御。九年前在东京一高听讲日本历史的时候，早听说福冈市西今津地方，尚有一片防垒残存，为日本历史上有名的史迹。当时早恨不得飞到今津去踏访，凭吊蒙古人"马蹄到处无青草"的战地。

我在民国二年末初到日本的时候，是由火车穿过万里长城从朝鲜渡海而来。火车过山海关时，在车中望见山上蜿蜒着的城垒，早曾叹服古人才力之伟大，而今人碌碌无能。后日读P. Remer氏所著德国近代人利林克龙（Liliencron）传，叙他晚年在北海配尔屋牟岛（Pellworm）上做堤防总管的时候，每在暴风咆哮的深夜，定然在高堤上，临风披襟，向着汹涌的狂涛，高叫出他激越的诗调。我受了他这种凯旋将军般的态度之感发，我失悔我穿过万里长城的时候，何不由山海关下车登高壮观，招吊秦皇蒙恬之魂魄？我至今还在渴想……唉！这也算是一种骛远性的适倒了，我在福冈住了将近四年，守着有座"元寇防垒"在近旁，我却不曾去凭吊过一回，又在渴想着踏破万里长城呢！

元寇防垒，日人所高调赞奖的"护国大堤"，我的想象中以为定可以与我国的万里长城堪伯仲。守此而不登，岂不是骛远性之误人吗？

二

今晨八点钟，早早跑上学校里去，不料第一点钟的内科讲义才是休讲，好像是期待着要搭乘的火车，突然迟延了一样，我颠转没有法子来把这一点钟空时间消遣。我没精打采地走进图书馆，把一两礼拜前的新闻纸随手翻阅，觉得太无聊了。我想起今日的课程，都是不愿意上的，只有午后两点钟以后的检眼实习是不能不出席，我何不走到个什么地方去，利用我这半日的光阴，或者我亲爱的自然，还会赐我以许多的灵感。

市外的西公园，自从前三月田寿昌来访我时，我们曾同去游逛过一次以来，我已两年不去了。虽然不是开樱花的时候，园内有些梅花，定已渐渐开放，并且在这样晴好的天气中，坐在那园中高处，看望太阳光上的海波，也正是无上的快心乐事。不错，我便往西公园去罢！我才一动念，我的两脚已把个挟着书包的我运出了校门。我竟成为电车的乘客了。

电车西行，有三十分钟的光景，到了西公园。我下车徐徐向园门步去。别的同学都是挟着书包向着东行，我一人却是挟着书包向着西走，我又穿的是制服，戴着是制帽，行路的人好像都在投一种诧异的眼光向我。我不是磨房的马，定要瞎着眼睛受人驱使吗？你们难道不要我有自由意志！怀着一种无谓的反抗心，我还没有走到园门，骛远性突然又抬起头来。西公园离今川桥只有一区的电车，到了今川桥，再坐几站轻便火车，便可以达到今津。走熟了的地方有什么意思哟？元寇防垒！护国大堤！蒙古人马蹄到处无青草的古战场！去罢！去罢！去学利林克龙披襟怒吼！

我又坐上了电车去了。没有几分钟的光景，电车已经到了终点。我从今川桥下车，往轻便铁道的驿站——名目虽叫驿站，但只是街面上的一家铺口代办的——上去买车票。我检查我的钱包，只有五十钱（一钱合我国铜元一枚）的一张纸币。

——往今津的车票要多少钱？

——要二十四钱。

——请把一张来回票给我。

——要四十八钱。

我把纸币给了卖票的，他把了十六区的车票给我，找了我两个铜板。原来轻便火车的车票，也还是同市内电车的一样，是分区零买的，他指示着车票的站名向我说：从此处到今宿，是八站路，一站四钱，从今宿再坐渡船才能到今津。

我问：渡船钱要多少？

他说：要三钱。

我听着吃了一惊，我手中只有两个铜板了，今天的计画，不是完全归了水泡吗？我急忙在衣包中收寻，另外又才寻出一个五钱的白铜小币。啊，好个救星！这要算是在沙漠中绝了水的商队，突然遇着了Oasis（沙漠中膏腴之地）了！驿站中待车的人很多，火车要到十点钟的时候才能开到。

日本人说到我们中国人之不好洁净，说到我们中国街市的不整饬，就好像是世界第一。其实就是日本最有名的都会，除去几条繁华的街面，受了些西洋文明的洗礼外，所有的侧街陋巷，其不洁净不整饬之点也还是不愧为东洋第一的模范国家。风雨便是日本街道的最大仇人。一下雨，全街都是泥淖淋漓，一刮风，又要成为灰尘世界。又聪明又经济的日本国民常常辇些细碎的石子来面在街上，利用过往行人的木板拖鞋作为碾地机的代用。隔不许久，石子又要变成了灰尘，又要变成了泥浆了。驿前的街道，正是石子专横的时代。街心的四条铁轨，差不多要埋没在泥土中了。街檐下的水沟，水积不流，昏白的浆水中含混着铜绿色的水垢，就好像消化不良的小儿的粪便一样。驿旁竟公然有位妇人在水沟上搭一地摊，摊上堆一大堆山榛，妇人跪在地上烧卖。这种风味，恐怕全世界中，只有五大强国之一的日本国民才能领略了。

坐在站中，望着外面杂踏喧闹的街市，无端地发起了这段敌忾心来，中日两国互相轻蔑的心理，好像成了慢性的疾患，真是无法医治呢。

人总是不宜好的动物。金钱一富裕的时候，总要涌出些奢侈欲望来。我无意识中又在一个衣包之内搜出了一张五十钱的纸币，我好像立地成了位大富翁一般。火车轮船要运转时，煤烟是不可缺少的原动力，人要去旅行时，纸烟也当然不可缺少。我便花了八个铜板，买了一匣纸烟，一匣洋火，便在驿站中吹云吐雾起来。可怜吹吐才不上半只，我的脑天早已昏昏朦朦了。滚蛋罢！我含着几分可惜的意思，把剩下的半只纸烟，愤恨地投在水沟里去。丑恶的奢侈欲望的尸骸，还在涸水中熏蒸了一会残喘。

三

小小的机关车，拖了两乘坐车走来，肮脏的程度，比上海"大众可坐"的三等电车，恐怕还要厉害。车中拥挤得不堪，如像才开封的一匣洋火。我上车得早，在一只角上幸好寻得一个座位，但可恨不客气的一位乡下人，竟来加上楔头，坐到我左脚的大腿上，我好像楚项羽陷入垓下的重围，就使有拔山之力，也只好徒唤奈何了。

汽笛放起猫叫声，火车已经开动起来。

过了一个停车场，两面的街市，已经退尽，玻璃外开展出一片田野，田地尚多裸身，有的已种麦苗，长已四五寸了。远山在太阳光中燃烧，又好像中了酒的一样。太阳隔窗照到我的颈子上来热腾腾地。车上坐的多是职工中人，指点沿线的各处小小的工场，和着车轮的噪音，高谈阔论，可惜谈吐多不可辨。

又过了两个停车场，车上渐渐稀疏了。到了一个小小的村落，村前竟公然有座电影戏馆，戏目的帘子立在馆前，怪刺目地挂着种种看板画。出村，车入松林中。检看票上站名，知是"生之松原"。松原一面沿海，从树干间可以看出青青的海色，点点的明帆，昏昏的岛影。我心中也生出了几分旅行的兴趣。背海一面，树甚深远，只除无数退走的树干外，别无所见。在这种晴和的天气，能偕个燕婉的女友，在那松林中散步谈心，怕更会是件无上的快心乐事了。

林中车行十多分钟的光景，走出海岸上来了。海水一片青碧，海天中有几只白鸥，作种种峻险的无穷曲线，盘旋飞舞。有的突然飞下海面，掠水而飞，飞不多远，又突然盘旋到空中消去。

火车到了今宿站。

我从今宿下车，问明了渡船的所在。从今宿市中穿过，又向西走入一松林中，松林无人，阳光洒地，可惜没有燕婉的佳伴偕行，只有我自己的影儿在随着我走。啼鸟在空中清啭。走过松林，又走到一小小村落，街檐下有些中年以上的妇人，席地，坐在太阳光中缝纫。出村，又走到海岸上来，临海一家摆渡人家静立在一座浅峰之下。渡船已开，我只得坐在岸上等待。渡家中的时钟，已经十一点过了。时间不可不利用，我早就受了自然的窘迫的要求，我不得不在这个时间内应命了。我便转入渡家后的厕所中去。

我踞在厕所中，一面应着自然的要求，一面想起前两天B君向我所说的南洋的风俗谈来——B君哟！我在这种地方追念起你来，你恕我的这个大大的失礼了罢！

B君说：南洋地方大小便所，都是立在河边，放出的大小便听着流水冲去，日本人的便房叫"河屋"（Kawaya），这正是日本民族南来的一个证明。

厕所中有许多猥亵的壁画，这是日本全国厕所中的通有现象。善于保存壁画的日本史学家哟！这种极无名的恋爱艺术家的表现艺术，于民族风俗史上，也大有保存的必要呢！

无端中又得出一个恋爱的定义来：

"恋爱者何？是一种自然的要求，如像大小便一般，不得不逼人去走肮脏的所在者也。"

笑话！笑话！在这壁画蔚然的"艺术之宫"再沉吟得一刻的时候，渡船怕又要开了呢！

四

今津是在系岛郡上。系岛原来不是海岛，是与陆地相连，渡船在海湾中过渡，海水异常清澈，好像是西子湖水一样。因为没有带张地图来，上了岸后，竟把地方走错。问了多少行人，走了多少枉路，我才走到了今津。今津村上也怕有两三百户人家，我在村中旋来旋去，只想朝外海边走，却只在村中打盘旋。最后走到一家卖花邮片的铺店门口，我便买了几张今津史迹的花邮片，有一张是"胜福寺的蟠龙松"，有一张是"元寇歼灭碑"，有一张就是"元寇防垒"了。我见了元寇防垒的绘片，我不禁大失所望。啊！这就是"护国的大堤元寇防垒"了吗？一条乱杂的矮矮石堤在我国乡村中沟道两旁随处都可以寻出。纵使有真正的利林克龙走来，站在这种大堤上，恐怕也吼不出甚么激越的诗调来了。

店主人为我指示胜福寺的所在，近在店旁，叫我去看蟠龙松。

蟠龙松是几百年前的古物，今年正月间日本政府有指定为天然纪念物的消息。关于此树，有一浪曼谛克的口碑流传。说是六百年前征夷大将军足利尊氏（Ashikaga Takauji）来在九州的时候，仰慕胜福寺开山临济宗大觉禅师盛名，亲来拜访。禅师旁乃有一窈窈的婵娟侍坐。尊氏大惊，怒骂禅师品性恶劣。禅师自若，而美人惭愤，跳入庭前池水中，化为大蛇，蟠松而逝。

外史氏曰：迂哉！迂哉！足利尊氏也！不知色即是空，空即是色。

迂哉！迂哉！侍侧之美人也！不知种种声闻，都如泡影。

这种无稽的传说，总觉有种葱茏的诗意，引人入魔，但是我守着皎皎的太阳当头，护国的大堤还不曾到眼，午后两点钟起还有检眼实习，我没有在梦境中低回的余暇。

我谢了店主人的殷勤，出村又穿过一带松原，我终竟走到我最后的目的地点。松林外沿海一带沙堤，上有乱石狼藉，我把绘片中的光景同实物比较，我才知道就是所谓“护国的大堤”！冤哉！冤哉！浪曼谛克的骛远性之误人也！但是周遭的自然风物倒还足以偿我这半日的足劳。我坐在乱石上，在防垒绘片背面写了一段印象记来。

——堤长不过百丈。堤上狼藉些极不规则的乱石，大者如人胸廓，小者如人头首。中段自沙中露出之石垣，最高处仅及股臀关节。

堤前为海湾，堤后为松林，有小鸟在松林中啼叫。海风清爽。右手有高峰突起如狮头，树木甚苍翠。

海湾中水色青碧，微有涟漪，志贺岛横陈在北，海中道一带白色沙岸，瞭然可见。西北亦有两小岛，不知名。海湾左右有岩岸环抱，右岸平削如屏，左有峰峦起伏。正北湾口，海雾蒙蒙，中有帆影，外海不可见。天际一片灰色的暗云，其上又有一片白色卷层云，又其上天青如海。

太阳当头，已是正午时候。

堤前沙岸，浅草衰黄。有长椭小蠋在日光中飞绕，无力。

茅屋几椽，已颓圮，疑是渔人藏舟之处。

——邮片已写满了，在那平如明镜的海上，元舰四千艘，元军十万余人，竟会于一夜之间，突然为暴风所淹没，不可抗的终是自然之伟力了。我又想到了杜牧之咏"赤壁"的一诗。

折戟沉沙铁未销，自将磨洗认前朝。

东风不与周郎便，铜雀春深锁二乔。

在堤前沉吟了一回，又想于无意中或者也可以寻得一枝沉沙的折戟，折戟虽没有，倒寻到了一个雪白的大椎骨，左右两横突起，开张如蝶翅，上关节突起前面又无肋骨关节面，我断定它是牛脊的腰椎骨。这是个绝好的纪游纪念品了，或者便是元军载来的水牛残骨，也说不定。我把来包在书包里面，又想去登上那右手的狮头峰。

<h1 style="text-align:center">五</h1>

狮头峰余势，当狮体之尾骶上有一段平坦高原，上有一碑，碑题"元寇歼灭之处"六字。碑前有纪名铜柱，上题"大正四年十一月建"。碑下有石栏环绕，周围有几处竹栏，各围浅松一株是些贵族华族的纪游品。坐石栏上四望，三面均被海水湾环，只有防垒后松原的一带低地几于与水面齐平，此地在千年之前，当然是绝立的孤岛，系岛郡之名可以推见。所谓护国的大堤，或者便是防水的水堤，也是不能说定。转入碑后，碑后亦有"大正四年十一月建"等字样。

舍碑，向山脊行去，山路高低不平，渐登，气渐促，喉嗓渴不可耐，失悔来时不曾买些橘子。登山决不是件乐事，以为怕要到峰顶了，山路一转，峰顶依然还在上头。如此屡受欺骗，亦只得鼓舞余勇而登，热，汗流，渴，气促，心搏亢进，筋力疲劳，好像得了心脏病的一样。山外的风物再也莫有余暇盼恋。遇山樵数人，新伐的樵木放出一种浓重的木香。将至绝顶，有小小一座神社，壁上挂着许多还愿的画马。纪游者的芳名，题满外壁。在神社前坐息，勇猛的心脏，几乎要从口中跳了出来。心气渐渐平复了，我又才走上狮子头去。狮头临海，古松森森，秃石累累，俯瞰海湾，青如螺黛。有渔舟一只，长仅尺许，有两人在舟中垂钓。唐人太上隐者有《答人》一诗，

偶来松下坐，高枕石头眠。

山中无历日，寒尽不知年。

他这第一句，我实际办到了。第三句，我也实际办到了，因为我是没有带表来的。但是我的懒惰工夫，却还没有到高枕无忧忘年忘命的程度。我午后二时起，还有二点钟的检眼实习是不能不出席的，我看见日脚偏西，就使有现存的石头可枕，我的脚也不肯唯唯听命了。

我正站立起来，打算要走，突然前面垂岩下腾出一种欢呼，使我大吃一惊。上来的是两个劳动者。他们从我身旁擦身过时，我的心脏还兀兀地在跳。我又起了一种好奇心，决意从那两个劳动者登上的来路走下山去。路极险隘，攀援树枝而下，路尽处，才又折到来时所过的神社面前，两个工人已经在那儿休息着了。此次怕他们也不免吃了一惊罢？一人向我乞火，我把火柴给了他。啊，这两个工人，假使是两位处子的时候呀，这不是段绝好的佳话吗？就好像卢梭在安奴西山中与雅丽、恪拉芬里德两少女邂逅相遇，就好像郑交甫在江干遇着江妃，那岂不是不枉了我今日的此行了吗？……

古人说：从善如登，从恶如崩。其实我从登山的经验上看来，倒是从恶如登，从善如崩了。我此处所谓善恶，不消说是以心境的快不快为标准。人不是那么容易为恶的，受尽种种良心上的制裁，做出一种恶事，心里所受的不快，怕与登山时的苦楚无甚增减。偶尔做出一件善事，心里所生的快感，也怕和这下山时的快感无甚损益。

上山时那么困苦，几乎如像害了一场大病；一到下山，就好像在滑冰的一样，周围的景色应接不暇，来时的道路亦了如指掌，飞，飞，飞，我身轻如鸟，听凭山道的倾斜，把我滑下山来，真是舒服，真是舒服，只可惜喉嗓终是有几分渴意。

六

取捷径趋向渡头，渡船又已开了。在渡头近旁小店中，买了一瓶荷兰水。啊，甘露！甘露！瞥眼看见店内的挂钟，已经是午后二时了，完全出乎意料之外。早知道这样，我又何苦那么着忙呢？恨不曾往胜福寺内凭吊婵娟之魂，恨不曾在狮子山巅高枕石头一睡！

坐店的是一位不满二十的女子，B君——又是B君，B君哟！你恕我不客气，滥引你的雅言了！你说："只要是处子，便是位美人。"不消说这位坐店的也是美人了。我又向她买了十钱的饼干，她称的分两，分外足实呢！我说："十钱的饼干真是不少！"她微微地向着我笑。

　　有匹黑花的白狮子狗儿坐在街心看我吃饼干，好像很有几分垂涎的意思。我便投了一个给它，它才兀的惊立起来，哼地向我恨了两声走了。它怕把那个饼干当成了小石子罢？这位狮子狗儿，我佩服它有些道德家的气质。打起金字招牌的道德家者流，突然看见赤裸裸地纯真无饰的艺术品时，有不反射地唁唁狂吠的吗？对不住！对不住！天下的道德家哟！天下的狮子狗儿哟！恕罪，恕罪！

　　午后的海水，又是一般气象了。好像圆熟了的艺术家的作品，激越的动摇，烘腾的气势虽然没有，但总有一种沉静的诗情荡漾在上面。潮水渐渐消退了。渡船将要到岸时，突然搁起浅来。此时对面又开出一只渡船，船橼上坐着两个女子，梳的是最新流行的"七三分"头，一个披着白色的毛织披肩，一个的是狐皮。她们本是背我坐着的，紧相依傍。她们看见我们的坐船搁浅，都偏过头来。我的视线同她们觌面相值。啊，这真是郑交甫遇着江妃，卢梭遇著雅丽、恪拉芬里德了！要是她们的船搁了浅的时候，我定要跳下水去，就如像卢梭涉水至膝，替雅恪二姑娘牵马渡溪的一样，把她们的坐船推动起走。是夕阳光线的作用吗？还是她们看破了我的隐意呢？她们的眼眸中总觉得有几分羞涩的意思。我真羡慕卢梭！他真幸福！他替雅恪二姑娘牵马渡溪之后，被二女殷勤招待，骑在恪姑娘马后，紧抱着她，同到初奴别邸燕欢一日。他在花园中攀树折樱桃投向她们，她们又反把丫枝投向树上去打他。他在雅姑娘手上亲了一吻，雅姑娘也莫有发气，啊，幸福的卢梭呀！……

船动了！不要再空咽馋涎了罢！

浪曼谛克的梦游患者哟！淡淡的月轮在空中发笑了！

十一年二月十日

天涯海角

一

　　天涯海角在海南岛的南海岸上，地属崖县。位于崖州湾之东与三亚港之西，适当其中。由榆林鹿回头乘汽车沿海岸西行，约半小时即可到达。今已辟为游览区，来榆林的人多往游览。如由海口经西路而来，则必先经其地，每驻车歇息，以揽山海之胜。

二

　　1961年春节前二日（2月13日），我乘飞机由湛江飞来榆林。19日上午与同游者二十余人前往天涯海角。其时情景，余于日记中记之颇详。

　　是日也，天气晴明，海水平净。东瑁、西瑁二洲，如巨鲸二头相次浮游于三亚湾中。海水呈深蓝色，近岸处则青如翡翠。帆船三五，在远处如画中点缀，寂然不动。空中有白云呈波状。岸上细沙如银，滨海潮湿处色呈微黄。奇石磊磊，纵横成聚落。石身多呈流线形，顶秃而圆，如馒头，如面包，如蹄膀，如复舟，如砗磲贝壳，如大弹丸，如巨炮弹。时或判而两之，啮而巉之，不可名状。石高低不等，高者可逾四丈，低者才仅尺许。

进入游览区之处，有一石较高大。在其顶端，面西偏北，有"天涯"二字，楷书。其下有"海阔天空"四字，字较小，隶书。绕其下，折而西，在丛石中又有一石更高且大，其近顶处，面南偏东，有"海角"二字，行书。字皆横刻，由右而左。"天涯"与"海角"四字大小略等，估计横径当逾二尺。相传为苏东坡所书，但字体殊不类。

其时，适遇渔民分成二群，正拉曳拦海大网。同游者二十余人，同往协助。渔民初出意外，继之相得甚欢。但惜时已近午，有人须遄归乘飞机去海口，渔网离岸尚远，未能竟其事。

三

在东头，相距约五百步，别有大石一群。其中一石最高大，竖题"南天一柱"四字，右侧有"宣统元年"四小字，无题者名。

地方领导同志嘱余题诗，谓可刻诸石上以留纪念。我因成即事诗一首。

海角尚非尖，

天涯更有天。

波青湾面阔，

沙白磊头圆。

劳力同群众，

雄心藐大千。

南天一柱立，

相与共盘旋。

今案谓为"天涯海角"者殆指中国领土之尽头。实则海南岛之南尚有西沙群岛、南沙群岛等。故我有意翻案，谓天涯既非天之涯，而海角亦非海之角，若再扩而充之，则远可至南极大陆探险，高可作宇宙飞行，更无所谓涯或角。

四

转瞬已过一年，今年1月11日又作海南岛之游，由广州乘飞机，不及四小时便飞抵鹿回头。次日即重访天涯海角。去年所题"天涯海角游览区"七字已上石，字在"天涯"石上，面北，由公路下车，即可望见。所题诗则刻在"南天一柱"石群之一上，面西。刻时闻以二人之力积七日乃成。石质坚脆而粗糙，下钻，石易崩碎，不能如意。故刻划中每现白垩补缀痕。

如此费事，深感内愧。

一切风物，与去年无殊，唯无拉网之渔民，而有渔船二艘横陈于滨岸水中。

同行者从岸上草丛中摘来红豆几枝，此地红豆乃草本，子名相思豆或鸳鸯豆，可以喂马，故又名马料豆。粒呈卵形，如绿豆大，色鲜红而有光泽，著荚之一端则浓黑如漆。红处占十分之七八，黑处当十分之二三。质甚坚，与木本红豆无殊。然木本红豆呈三角形，粒大而扁，色深红而无黑彩。所谓"红豆生南国，春来发几枝"者，不知何所指。

木本红豆树，在左太冲《吴都赋》中称为"相思之树"。《文选》注云："相思，大树也。木理坚，可作器。其实如珊瑚，历年不变。东冶有之。"东冶，在福建闽侯东北冶山之麓。此树，往年在桂林曾见之，实为大乔木，一月前游端州鼎湖山及七星岩，复多所见，子亦正届成熟期。所可异者，端州有木本红豆而无草本，崖州有草本红豆而无木本。但均以冬季成熟，并非春来始发。同是豆类，同生南国，同如红色之宝石，在南游北返之人，同谓之为"相思子"，似亦无所不可。

旧地重游，山海虽无殊，而人事却有小异。因复成诗一首。

海日曾相识，

重逢已隔年。

字蒙刀作笔，

诗累石为笺。

红豆春前熟，

青山天际燃。

临风思往事，

犹有打渔船。

五

重游天涯海角后之五日，得《崖州志》（光绪三十四年重修）而阅之。在其第二十二卷杂志一金石类中有"海判南天石刻"及"天涯石刻"二条，分别注云：

"'海判南天'石刻在下马岭海滨巨石上，字大三尺许。康熙五十三年（1714）十一月钦差苗曹汤巡边至此镌。"

"'天涯'石刻亦在下马岭海滨石上，与'海判南天'相去咫尺。字大三尺许，旁镌'雍正十一年（1733）□□□程哲'。字四寸。"（案据另一资料，程哲乃雍正初年崖州知州）

既得此资料，因三往天涯海角目验。在"天涯"二字之旁确尚有小字，依稀可辨。"雍正十一年"五字在"天"字之右，"程哲"等字在"涯"字之左。"海判南天"四字及其款识，则毫无痕迹可寻。康熙五十三年至雍正十一年，相隔仅二十一年①，何以一隐一显至于如此，殊不可解。

于时日已将暮，遇渔民青年男女一群，人左右手各倒提一鱼欣欣然同就归路。其中有人向我辈含笑点头，我以举手礼答之。——"还记得吗？去年帮助拉网的人，今年又来了。"含笑者愈多，笑愈蜜，而点头愈频。此乃绝好诗料，因复成诗一首。

去年助曳网，

今日来何迟？

访古字方显，

得鱼人正归。

点头相向笑，

举手不通辞。

有目甜愈蜜，

惠予以此诗。

1962年1月16日

（原载1962年2月20日《羊城晚报》）

---

① 此处应为十九年。

西樵白云洞

一

早就听说，南海的西樵足与罗浮的东樵比美或者更好，很想去看看。于是二月二十二日决心去西樵游览。八时半乘车由广州动身，十一时顷到达。入南海县境后，所看到的山，树木很少，而坟墓则很多，不免有些幻灭的感觉。童山濯濯，怎么会有名胜呢？

到了西樵的云泉仙馆，这儿有白云洞，是在西樵七十二峰中的白云峰的西麓。周围的树木，比较葱茏。新辟的林园也渐渐在长成了。旅行社就辟在云泉仙馆右边，因崖筑楼，层累而上，背崖面西，在暑天避暑或许是比较凉爽的。

通往旅行社宿舍的花径中有一株玉兰树，高出西边食堂的檐际，开着一身白花，璀灿悦目。据说，当地名"白玉堂"。这株玉兰花给我的印象，好而且深。它的花期特别早，比北京要早两个月，比武汉要早一个月，就是在广州，别处也还没有看到开花。因此，它惹动了我的诗兴。我觉得到西樵来，就算只看到这一树玉兰花，也可谓不虚此行了。

玉兰花正放，
满树吐芬芳。
挺立云泉馆，
尊称白玉堂。
湖光增皎洁，
山影倍青苍。
客至逢时会，
春光二月长。

二

吃了午饭后，还休息了一会，便去游览。先去看了白云洞的瀑布。山径曲折，奇崖峭壁，触目逼人。颇多石穴石窟，有逼仄仅能容一人穿过者，也有广阔如轩堂者。好处是有瀑布，仿佛水是山的生命，有了水，山就活了，有水故能有葱茏的林木，青翠的苔藓，还有幽雅或雄壮的乐音。

白云洞本身非洞，四面山崖环峙，如在井中。瀑布从东面的山头流下，在山头瀑布的左边，有一奇崖耸出，自下望之，如高峰插云。上竖刊"飞流千尺"四字。实际并无"千尺"，只有五丈左右。飞奔直下，水势颇急。水脚有一巨石当其冲，名曰"洗心石"。石上凿有孔穴，可供手足攀登而上。坐在石上，正对飞泉，的是奇观。水绕石而下流，前人在石砰^①上凿就曲径，让其纡回。石砰上还有刻划似围棋盘，盖以防苔滑。于很多题壁中有"曲水流觞"四字。但水虽曲而流颇急，如果浮觞其上，估计觞不能停留。则所谓"曲水流觞"者仅有其形似而已。

景色的确可观，而摩崖书之类未免太多。好些道人、道士等的似通非通的道话，颇杀风景，我看到袁枚有《游西樵山左行三里至逍遥台石下》一诗，开始序到白云洞，有"摩崖字纷纷"句，这显然在表示不满。最值得注意的，是南海人康有为，既能诗，又善书，而在白云洞一带却看不到康的题壁。这正证明康也有厌恶之心，不屑与樊哙等为伍了。

泉水屈折流出后，汇成为几处池沼，有应潮湖、鉴湖、会龙湖等。湖上有亭台点缀，唯惜偏在西麓，昼则见日迟，而夜则见月迟耳。

三

所谓"云泉仙馆"者，乃吕洞宾庙。西樵名胜似乎为吕洞宾所独占了，袁枚赞赏的逍遥台，煞费经营，攀崖穿峡而上，眺望豁目。但台上所供的也是吕洞宾。别的亭台上也有供着吕

---

① 石砰，现写作石坪。

洞宾的线象的，而那线象的面容却很不艺术，剑眉，龙胆鼻，五纽胡须，没有前脑。有一处大崖石是从高处坠下的，跌成两段，分离着停在斜坡上。断面呈弧形，有三尺左右的距离。此石名为"试剑石"。有人题诗，说是吕洞宾试剑，把石劈成了两段。但也有人题诗反对，说是女娲炼石补天之遗。

与西樵并称的罗浮东樵，是历史上梅花的名地，但听说早就被人庸俗化了。一月六日我往罗岗洞看梅花，曾看到张之洞的诗碑中有句云"罗浮穷道士，枯朽难比伦"，注云"罗浮山中，今甚荒寂"。张之洞对东樵之不满，恰同于袁枚、康有为对西樵之不满。

吕洞宾太多，我不想隐讳，也引起了我的反感。关于试剑石，我就做了一首反诗。

奇崖谁试剑？
崩坠出天然。
吕祖何能为，
惰夫即是仙。
女娲亦傅会，
神话徒空传。
开辟天和地，
人民始有权。

这是有所激而言，我在这里须得明白交代。凡事不能做得太过，太过则走到它的反面。以前崇拜吕洞宾者实在渲染得太过了。白云洞满崖满壁都是摩崖题字，也是渲染太过。不过白云洞本身还是值得歌咏的。我也做了一首诗来歌咏它。

危石凌空立，
飞泉山上来。
珠帘垂五丈，
玉磬响千槌。
径曲清流转，
洞幽静室开。
崖分天一线，
诗境足徘徊。

四

看了白云洞的瀑布，就想更进一境，探出它的源头。听说山顶上还有天湖，瀑布的水就是由天湖流下来的。

在旅行社宿了一夜，第二天上午，便上山探访天湖。我起初以为，在山顶上有湖大约是死火山的废火口。但到实地一看，才知道我的猜想是错了。到达天湖，虽然攀登了一段山路，海拔仅有一百五十米光景。天湖实际是解放后人工造成的，虽然在白云瀑之上已相当高，但并不是在真正的山顶上。西樵七十二峰之中还有更高的峰，而在山中也还有好几座村落。故在白云洞中看瀑时，以为"银河落九天"者，事实上是在九地之下，而在九天之上还有九天。

天湖面积有一百二十亩，但水不甚深，因近来少雨，水量已大减。虽有游艇，只横陈于岸上，但也幸赖有此天湖，故白云瀑赖以终年不断，据说往年未成天湖时，白云瀑有时是滴水皆无的。有了天湖之后，不仅保持了风景，而下山的流泉还灌溉了良田几千亩。"开辟天和地，人民始有权"，我感觉到并非夸张。

由天湖而下，不远处有一小瀑布，水积成渊，流成之字，再曲折而下。瀑布旁亦有崖石，尚无人题字。同游者要我为这个小瀑布命名，我名之为"龙涎瀑"，并因而成诗一首。

> 天湖山上水，
> 落下化龙涎。
> 胜境人无识，
> 清泉自浩然。
> 远亲千顷稻，
> 近接九重天。
> 不厌出山浊，
> 飞奔起急湍。

五

更下，在白云洞中耸立天际的那个"飞流千尺"的奇峰才露出了一点尖端。在下面看时，仿佛它已经是至高无上了，而在上面看时，它还远远没有达到龙涎的水平。有小径可以穿到奇峰的尖端上去，我起了好奇心，想前往看看。同志们认为危险，百番阻拦，但我仍坚决地拒绝了他们的好意。结果，我们大家都去了。有两人攀上了那个奇峰，我尊重同志们的好意，让了一步，和大家聚集在离尖端仅一两丈远的一个大崖石顶上。这个大崖石在下面看时是有摩崖石刻"壁立千仞"四字的，因此，名实相符地，我们是"立"在"千仞壁"上了。

崖上的眺望可称奇绝。正面一望田畴，如汪洋大海，在阳光中璀灿。白云洞的林泉，如华盖峰、一线天、鉴湖、会龙湖等，云泉仙馆附近的亭台楼阁，都了如指掌。特别是旅行社花径中的那株满身开着白花的玉兰，在群松苍翠中，形成着绝好的对照，使白者愈白而青者愈青，真好象立着一只巨大的白鹤。

还有更值得欣赏的，是又发现了一个瀑布。这个瀑布在龙涎瀑之下、白云瀑之上。高度略次于"飞流千尺"白云瀑。两侧崖石壁立，依然保持着天然面目。山头则群松耸翠，正在成长中。昂首望天，高不过寻丈。我说："这个瀑布比白云瀑还要好。"大家都同意。伴游的吴主任说,他到旅行社来已经三年,才第一次看到这个瀑布。

我很高兴,坐在千仞壁上,面对着这个新发现的瀑布欣赏了好一会。我向吴主任建议:可在这千仞壁上建立一个亭子,名之为"望瀑亭";瀑布可以取名为"云外瀑"。小径可以稍加垦辟,这样便为西樵增加了一个新的游览地点了。大家都附议,吴主任也同意了我们的这个建议。

云外飞泉响,
离天三尺高。
我来上千仞,
水落下重霄。
峻险无人问,
登临足自豪。
白云脚下涌,
含笑望归樵。

六

离开云外瀑之后,又徐徐下山。经过养云庐时,特别进去凭吊了一下。

翻看《西樵名胜简介》,对养云庐有所叙述。其文云:

"由小云亭经涤尘桥，山后几幢庐房高入云表。庐中有池畜巨鱼数尾。时花点缀其间。庐后石壁有石刻'别有天地'四字。此地颇有静中之趣。"

此庐不知何人所建，亦不知何时被毁，目前在围墙中只剩下遍地的败瓦残砖，木石狼藉。左侧有一段高台，写在壁上的字画犹存。我从废墟中由西阶步上高台，见西侧壁上嵌着石刻题诗一首，诗与字均不甚佳，未予抄录。绕东阶而下，壁上有"灵液""让水"等摩崖。筑有蓄水池，接引山泉输入旅行社中，供饮水之用。

东阶侧有郁李一株，淡红色的蓓蕾正破绽半开。无心之中，看到台阶上有盆栽蔷薇，在乱草蓬蓬中，也自由自在地开放着几朵红花。我觉得这满有诗意，因而口占一绝。

破瓦残砖满地堆，
养云庐内暂徘徊。
题诗壁上人何在？
郁李蔷薇自在开。

在废墟中绕了一周，真感觉到是"别有天地"了。池是被堙埋了，"巨鱼数尾"，想已化成游龙，飞行在天。

养云庐之下为小云亭，亭上供有道教的石刻线象，但不是吕洞宾。试剑石即在亭右。

七

这样，我费了两个半天工夫，算把西樵白云洞看了一周。下午要回广州去了，西樵东部和中部还有好些名胜地方，我只好留有余地，等到下一次的机会，再去探访了。

和云泉仙馆告别时，饮了西樵的特产云雾茶，入口有涩味，颇苦，而回味清适，如嚼西藏橄榄。又在一个玻璃瓶内盛了几匹无笃螺。螺是中型的钉螺，壳黑色，没有尖端。这也是西樵的特产，别处所未见。

我对那树白玉兰花，特别感觉到有依依惜别的留念。

1962年3月3日

（原载1962年3月9日《羊城晚报》）

第三辑

感悟与情思

我本来就喜欢夏天。夏天是整个宇宙向上的一个阶段，在这时使人的身心解脱尽重重的束缚。因而我更喜欢这夏天的心脏……

丁东草（三章）

丁　东

我思慕着丁东——

可是并不是那环佩的丁东，铁马的丁东，而是清冽的泉水滴下深邃的井里的那种丁东。

清冽的泉水滴下深邃的井里，井上有大树罩荫，让你在那树下盘旋，倾听着那有节奏的一点一滴，那是多么清永的凉味呀！

古时候深宫里的铜壶滴漏在那夜境的森严中必然曾引起过同样的感觉，可我不曾领略过。

在深山里，崖壑幽静的泉水边，或许也更有一番逸韵沁人心脾，但我小时并未生在山中，也从不曾想过要在深山里当一个隐者。

因此我一思慕着丁东，便不免要想到井水，更不免要想到嘉定的一眼井水。

住在嘉定城里的人，怕谁都知道月儿塘前面有一眼丁东井的吧。井旁有榕树罩荫，清冽的水不断的在井里丁东。

诗人王渔洋曾经到过嘉定，似乎便是他把它改为了方响洞的。①是因为井眼呈方形？还是因为井水的声音有类古代的乐器"方响"？或许是双关二意吧？

但那样的名称，哪有丁东来得动人呢？

我一思慕着丁东，便不免要回想着这丁东井。

小时候我在嘉定城外的草堂寺读过小学。我有一位极亲密的学友就住在丁东井近旁的丁东巷内。每逢星期六，城里的学生是照例回家过夜的，傍晚我送学友回家，他必然要转送我一程；待我再转送他，他必然又要转送。像这样的辗转相送；在那昏黄的街道上也可以听得出那丁东的声音。

那是多么隽永的回忆呀，但不知不觉地也就快满40年了。相送的友人已在30年前去世，自己的听觉也在30年前早就半聋了。

无昼无夜地我只听见有苍蝇在我耳畔嗡营，无昼无夜地我只感觉有风车在我脑中旋转，丁东的清彻已经被友人带进坟墓里去了。

四年前我曾经回过嘉定，却失悔不应该也到过月儿塘，那儿是完全变了。方响洞依然还存在，但已阴晦得不堪。我不敢

---

① 据《嘉定府志》卷五《古迹》记载：将丁东水（即作者所说丁东井）改名为方响洞的，是宋代诗人黄庭坚（1045—1105）。黄庭坚诗《题丁东水》："古人题作丁东水，自古丁东直到今。我为改名方响洞，要知山水有清音。"

挨近它去，我相信它是已经死了。

我愿意谁在我的两耳里注进铁汁，让这无昼无夜嗡营着的苍蝇，无昼无夜旋转着的风车都一道死去。

然而清冽的泉水滴下深邃的井里，井上有大树罩荫；你能在那树下盘旋，倾听着那一点一滴的声音，那是多么清永的凉味呀！

我永远思慕着丁东。

1942年10月30日

白　鹭

白鹭是一首精巧的诗。

色素的配合，身段的大小，一切都很适宜。

白鹤太大而嫌生硬，即如粉红的朱鹭或灰色的苍鹭也觉得大了一些，而且太不寻常了。

然而白鹭却因为它的常见，而被人忘却了它的美。

那雪白的蓑毛，那全身的流线型结构，那铁色的长喙，那青色的脚，增之一分则嫌长，减之一分则嫌短，素之一忽则嫌白，黛之一忽则嫌黑。

在清水田里时有一只两只站着钓鱼，整个的田便成了一幅嵌在琉璃框里的画面。田的大小好像是有心人为白鹭设计出的镜匣。

晴天的清晨每每看见它孤独地站立在小树的绝顶，看来像不是安稳，而它却很悠然。这是别的鸟很难表现的一种嗜好。人们说它是在望哨，可它真是在望哨吗？

黄昏的空中偶见白鹭的低飞，更是乡居生活中的一种恩惠。那是清澄的形象化，而且具有了生命了。

或许有人会感着美中的不足，白鹭不会唱歌。但是白鹭的本身不就是一首很优美的歌吗？——不，歌未免太铿锵了。

白鹭实在是一首诗，一首韵在骨子里的散文诗。

1942年10月31日

石　榴

五月过了，太阳增加了它的威力，树木都把各自的伞盖伸张了起来，不想再争妍斗艳的时候，有少数的树木却在这时开起了花来。石榴树便是这多数树木中的最可爱的一种。

石榴有梅树的枝干，有杨柳的叶片，奇崛而不枯瘠，清新而不柔媚，这风度实兼备了梅柳之长，而舍去了梅柳之短。

最可爱的是它的花，那对于炎阳的直射毫不避易的深红色的花。单瓣的已够陆离，双瓣的更为华贵，那可不是夏季的心脏吗？

单那小茄形的骨朵已经就是一种奇迹了。你看它逐渐翻红，逐渐从顶端整裂为四瓣，任你用怎样犀利的劈刀也都劈不出那样的匀称，可是谁用红玛瑙琢成了那样多的花瓶儿，而且还精巧地插上了花？

单瓣的花虽没有双瓣者的豪华，但它却更有一段妙幻的演艺，红玛瑙的花瓶儿由希腊式的安普剌①变为中国式的金罍——殷、周时古味盎然的一种青铜器。博古家所命名的各种锈彩，它都是具备着的。

你以为它真是盛酒的金罍吗？它会笑你呢。秋天来了，它对于自己的戏法好像忍俊不禁地，破口大笑起来，露出一口的皓齿。那样透明光嫩的皓齿你在别的地方还看见过吗？

我本来就喜欢夏天。夏天是整个宇宙向上的一个阶段，在这时使人的身心解脱尽重重的束缚。因而我更喜欢这夏天的心脏。

有朋友从昆明回来，说昆明石榴特别大，子粒特别丰腴，有酸甜两种，酸者味更美。

禁不住唾津的潜溢了。

1942年10月31日

---

① 英文ampulla的音译，即一种尖底胆瓶。——作者注

银　杏

银杏，我思念你，我不知道你为什么又叫公孙树。①但一般人叫你是白果，那是容易了解的。

我知道，你的特征并不专在乎你有这和杏相仿佛的果实，核皮是纯白如银，核仁是富于营养——这不用说已经就足以为你的特征了。

但一般人并不知道你是有花植物中最古的先进，你的花粉和胚珠具有着动物般的性态，你是完全由人力保存了下来的奇珍。

自然界中已经是不能有你的存在了，但你依然挺立着，在太空中高唱着人间胜利的凯歌。

你这东方的圣者，你这中国人文的有生命的纪念塔，你是只有中国才有呀，一般人似乎也并不知道。

我到过日本，日本也有你，但你分明是日本的华侨，你侨

---

① 古代传说中华民族的祖先黄帝复姓公孙，因银杏生存年代久远，与中国有文字记载的历史相等，所以人们称银杏为"公孙树"。一说因其生长期缓慢，公公种下的树，要到孙子长大时才能吃到果实，所以取了这个名字。

居在日本大约已有中国的文化侨居在日本的那样久远了吧。

你是真应该称为中国的国树的呀，我是喜欢你，我特别的喜欢你。

但也并不是因为你是中国的特产，我才特别的喜欢，是因为你美，你真，你善。

你的株干是多么的端直，你的枝条是多么的蓬勃，你那折扇形的叶片是多么的青翠，多么的莹洁，多么的精巧呀！

在暑天你为多少的庙宇戴上了巍峨的云冠，你也为多少的劳苦人撑出了清凉的华盖。

梧桐虽有你的端直而没有你的坚牢；

白杨虽有你的葱茏而没有你的庄重。

熏风会媚妩你，群鸟时来为你欢歌；上帝百神——假如是有上帝百神，我相信每当皓月流空，他们会在你脚下来聚会。

秋天到来，蝴蝶已经死了的时候，你的碧叶要翻成金黄，而且又会飞出满园的蝴蝶。

你不是一位巧妙的魔术师吗？但你丝毫也没有令人掩鼻的那种的江湖气息。

当你那解脱了一切，你那槎丫的枝干挺撑在太空中的时候，你对于寒风霜雪毫不避易。

那是多么的嶙峋而又洒脱呀，恐怕自有佛法以来再也不曾产生过像你这样的高僧。

你没有丝毫依阿取容的姿态，而你也并不荒伧；你的美德像音乐一样洋溢八荒，但你也并不骄傲，你的名讳似乎就是"超然"，你超在乎一切的草木之上，你超在乎一切之上，但你并不隐遁。

你的果实不是可以滋养人，你的木质不是坚实的器材，就是你的落叶不也是绝好的引火的燃料吗？

可是我真有点奇怪了：奇怪的是中国人似乎大家都忘记了你，而且忘记得很久远，似乎是从古以来。

我在中国的经典中找不出你的名字，我很少看到中国的诗人咏赞你的诗，也很少看到中国的画家描写你的画。

这究竟是怎么一回事呀，你是随中国文化以俱来的亘古的证人，你不也是以为奇怪吗？

银杏，中国人是忘记了你呀，大家虽然都在吃你的白果，都喜欢吃你的白果，但的确是忘记了你呀。

世间上也尽有不辨菽麦的人，但把你忘记得这样普遍，这样久远的例子，从来也不曾有过。

真的啦，陪都不是首善之区吗？但我就很少看见你的影子；为什么遍街都是洋槐，满园都是幽加里树①呢？

我是怎样的思念你呀，银杏！我可希望你不要把中国忘记吧。

这事情是有点危险的，我怕你一不高兴，会从中国的地面

---

① 即桉树（eucalyptus），常绿乔木。

上隐遁下去。

在中国的领空中会永远听不着你赞美生命的欢歌。

银杏，我真希望呀，希望中国人单为能更多吃你的白果，总有能更加爱慕你的一天。

1942年5月23日

芍药及其他

芍　药

昨晚往国泰后台去慰问表演《屈原》的朋友们，看见一枝芍药被抛弃在化妆桌下，觉得可惜，我把它拣了起来。

枝头有两朵骨朵，都还没有开；这一定是为屈原制花环的时候被人抛弃了的。

在那样杂沓的地方，幸好是被抛在桌下没有被人践踏呀。

拿回寓里来，剪去了一节长梗，在菜油灯上把切口烧了一会，便插在我书桌上的一个小巧的白磁瓶里。

清晨起来，看见芍药在瓶子里面开了。花是粉红，叶是碧绿，颤葳葳地向着我微笑。

1942年4月12日

水　石

水里的小石子，我觉得，是最美妙的艺术品。

那圆融，滑泽，和那多种多样的形态，花纹，色彩，恐怕是人力以上的东西吧。

这不必一定要雨花台的文石，就是随处的河流边上的石碛都值得你玩味。

你如蹲在那有石碛的流水边上，肯留心向水里注视，你可以发现一个光怪陆离的世界。

那个世界实在是绚烂，新奇，然而却又素朴，谦抑，是一种极有内涵的美。

不过那些石子却不好从水里取出。

从水里取出，水还没有干时，多少还保存着它的美妙。待水分一干，那美妙便要失去。

我感觉着，多少体会了艺术的秘密。

1942年4月12日

石　池

张家花园的怡园前面有一个大石池，池底倾斜，有可供人上下的石阶，在初必然是凿来做游泳池的。但里面一珠水也没有。因为石缝砌得严密，也没有进出一株青草，蒸出一钱苔痕。

我以前住在那附近，偶尔去散散步，看见邻近驻扎的军队有时也就在池底上操练。这些要算是这石池中的暂时飞来的生命的流星了。

有一次敌机来袭，公然投了一个燃烧弹在这石池里面，炸碎几面石板，烧焦了一些碎石。

弹阬并不大，不久便被人用那被炸碎了的碎石填塞了。石池自然是受了伤，带上了一个瘢痕。

再隔不许久，那个瘢痕却被一片片青青的野草遮遍了。

石池中竟透出了一片生命的幻洲。

1942年4月26日晨

母 爱

这幅悲惨的画面，我是永远也不会忘记的。

是三年前的"五三"那一晚，敌机大轰炸，烧死了不少的人。

第二天清早我从观音岩上坡，看见两位防护团员扛着一架成了焦炭的女人尸首。

但过细看，那才不只一个人，而是母子三人焦结在一道的。

胸前抱着的是一个还在吃奶的婴儿，腹前拳伏着的又是一个，怕有三岁光景吧。

母子三人都成了骸炭，完全焦结在一道。

但这只是骸炭吗？

1942年4月30日晨

路畔的蔷薇

清晨往松林里去散步，我在林荫路畔发见了一束被人遗弃了的蔷薇。蔷薇的花色还是鲜艳的，一朵紫红，一朵嫩红，一朵是病黄的象牙色中带着几分血晕。

我把蔷薇拾在手里了。

青翠的叶上已经凝集着细密的露珠，这显然是昨夜被人遗弃了的。

这是可怜的少女受了薄幸的男子的欺绐？还是不幸的青年受了轻狂的妇人的玩弄呢？

昨晚上甜蜜的私语，今朝的冷清的露珠……

我把蔷薇拿到家里来了，我想找个花瓶来供养它。

花瓶我没有，我在一只墙角上寻着了一个断了颈子的盛酒的土瓶。

——蔷薇哟，我虽然不能供养你以春酒，但我要供养你以清洁的流泉、清洁的素心。你在这破土瓶中虽然不免要凄凄寂寂地飘零，但比遗弃在路旁被人践踏了的好罢？

夕　暮

　　我携着三个孩子在屋后草场中嬉戏着的时候，夕阳正烧着海上的天壁，眉痕的新月已经出现在鲜红的云缝里了。

　　草场中牧放着的几条黄牛，不时曳着悠长的鸣声，好像在叫它们的主人快来牵它们回去。

　　我们的两匹母鸡和几只鸡雏，先先后后地从邻寺的墓地里跑回来了。

　　立在厨房门内的孩子们的母亲向门外的沙地上撒了一握米粒出来。

　　母鸡们咯咯咯地叫起来了，鸡雏们也啁啁地争食起来了。

　　——"今年的成绩真好呢，竟养大了十只。"

　　欢愉的音波，在金色的暮霭中游泳。

水墨画

天空一片灰暗，没有丝毫的日光。

海水的蓝色浓得惊人，舐岸的微波吐出群鱼喋噏的声韵。

这是暴风雨欲来时的先兆。

海中的岛屿和乌木的雕刻一样静凝着了。

我携着中食的饭匣向沙岸上走来，在一只泊击着的渔舟里面坐着。

一种淡白无味的凄凉的情趣——我把饭匣打开，又闭上了。

回头望见松原里的一座孤寂的火葬场。红砖砌成的高耸的烟囱口上，冒出了一笔灰白色的飘忽的轻烟……

山茶花

昨晚从山上回来，采了几串茨实、几簇秋楂、几枝蓓蕾着的山茶。

我把它们投插在一个铁壶里面，挂在壁间。

鲜红的楂子和嫩黄的茨实衬着浓碧的山茶叶——这是怎么也不能描画出的一种风味。

黑色的铁壶更和苔衣深厚的岩骨一样了。

今早刚从熟睡里醒来时，小小的一室中漾着一种清香的不知名的花气。

这是从什么地方吹来的呀？——

原来铁壶中投插着的山茶，竟开了四朵白色的鲜花！

啊，清秋活在我壶里了！

墓

昨朝我一人在松林里徘徊，在一株老松树下戏筑了一座砂丘。

我说，这便是我自己的坟墓了。

我便拣了一块白石来写上了我自己的名字，把来做了墓碑。

我在墓的两旁还移种了两株稚松把它伴守。

我今朝回想起来，又一人走来凭吊。

但我已经走遍了这莽莽的松原，我的坟墓究竟往哪儿去了呢？

啊，死了的我昨日的尸骸哟，哭墓的是你自己的灵魂，我的坟墓究竟往哪儿去了呢？

寄生树与细草

寄生树站在一株古木的高枝上，在空气中洋洋得意。它倨傲地俯瞰着下面的细草说道：

"你们可怜的小草儿，你看我的位置是多么高，你们是多么矮小！"

细草们没有回答。

寄生树又自言自语地唱道：

"啊哈哟，我是大自然中的天骄。有大树做我庇护，有大树供我养料。我是神不亏而精不劳，高瞻乎宇宙，君临乎小草，披靡乎浮云，揖友乎百鸟。啊哈哟，我是大自然中的天骄。"

一场雷雨，把大树劈倒了。寄生树和古木的高枝倒折在草上。细草儿们为它哀哭了一场。

寄生树渐渐枯死了。每逢下雨的时候，细草们便追悼它，为它哀哭。

寄生树被老樵夫捡拾在大箩筐里，卖到瓦窑里去烧了。每逢下雨的时候，细草们还在追悼它，为它哀哭。

1924年，在上海

白 发

　　许久储蓄在心里的诗料，今晨在理发店里又浮上了心来了。——

　　你年青的，年青的，远隔河山的姑娘哟，你的名姓我不曾知道，你恕我只能这样叫你了。

　　那回是春天的晚上罢？你替我剪了发，替我刮了面，替我盥洗了，又替我涂了香膏。

　　你最后替我分头的时候，我在镜中看见你替我拔去了一根白发。

　　啊，你年青的，年青的，远隔河山的姑娘哟，飘泊者自从那回离开你后又飘泊了三年，但是你的慧心替我把青春留住了。

1925年10月20日

大山朴

——"大山朴又开了一朵花啦！"

是八月中旬的一天清早，内子在开着窗户的时候，这样愉快地叫着。

我很惊异，连忙跑到她的身边，让眼睛随着她的指头看去，果然有一朵不甚大的洁白的花开在那幼树的中腰处的枝头。

大山朴这种植物——学名叫Magnolia grandiflora——是属于木兰科的常绿乔木，据说原产地是北美。这种植物，在日本常见，我很喜欢它。我喜欢它那叶像枇杷而更滑泽，花像白莲而更芬芳。花，通常是在五六月间开的。花轮甚大，直径自五六寸至七八寸。

六年前买了一株树秧来种在庭前的空地里，树枝已经渐次长成了。在今年的五月下旬开过一朵直径八寸的处女花，曾给了我莫大的喜悦。

但是离开花时已经两月以上了，又突然开出了第二朵花来。

这的确是一种惊异。

我自己的童心也和那失了花时的花一样，又复活了。我赶快跑下园子去，想把那开着花的枝头挽下来细看，吟味那花的清香。

然而，不料我的手刚攀着树枝，用力并不猛，那开着花的枝，就从那着干处发出了勃察的一声！——这一声，真好像一支箭，刺透了我的心。

我连忙把树枝撑着，不让它断折下来，一面又连忙地叫："树枝断了，赶快拿点绳子来吧！"

内子拿了一条细麻绳来，我用头把树枝顶着，把它套在干上。

内子又寻了一条布片来，敷上些软泥，把那伤处缠缚着了。

自己的心里有种说不出的懊悔。

——"这样热的天气，这条丫枝怕一定会枯的。"我凄切地说。

但最初的惊异仍然从我的口中发出了声音来："为什么迟了两个月，又开出了这朵花呢？"隐隐有点迷信在我心中荡漾着，我疑是什么吉兆，花枝断了，吉兆也就破了。

——"大约是因为树子嫩，这朵花的养分不足，故尔失了花时。"内子这样平明地对我解说。

或许怕是吧。今年是特别热的，大约是三伏的暑气过于严烈，把这朵花压迫着了。好容易忍到交秋，又才突破了外压和它所憧憬着的阳光相见。

然而，可怜的这受了压迫而失了时的花，刚得到自行解放，便遭了我这个自私自利者的毒手！

1936年12月7日

叶罗提之墓

叶罗提七岁的时候还在家塾里读书。

有一天他往后园里去，看见他一位新婚的堂嫂，背着手立在竹林底下。

嫂嫂的手就像象牙的雕刻，嫂嫂的手掌就像粉红的玫瑰，嫂嫂的无名指上带着一个金色的顶针。

竹笋已经伸高了，箨叶落在地上，被轻暖的春风弄作响。

嫂嫂很有几分慵倦的样子。——到底是在思索甚么呢？

他起了一个奇怪的欲望：他很想去扪触他嫂嫂的手，但又不敢去扪它。

他的心机就好像被风吹着的竹尾一样，不断地在乳色的空中摇荡。

每年春秋二季全家上山去扫墓的时候。

叶罗提的母亲和嫂嫂们因为脚太小了，在山路的崎岖上行步是很艰难的。

他为要亲近她的手，遇着上坡下坡，过溪过涧，便挨次地去牵引她们。

牵到她的手上的时候，他要加紧地握着她，加紧地。他小小的拇指埋在她右手的柔软的掌中。

——"嫂嫂，你当心些呀。"

——"多谢你呀，弟弟。"

（啊，崎岖的山路可惜还嫌少了呀！）

这样的幸福在叶罗提13岁以后便消失了，他在13岁的时候便进了省城的中学。

（感谢上帝呀，嫂嫂已经生了儿子了。）

年暑假回家从嫂嫂手中接抱她的儿子，他的手背总爱擦着她的手心。

那一种刹那的如像电气一样的温柔的感触！

——"嫂嫂，孩子又撒尿了。"

——"哦呀，又打湿了叔叔的衣裳。"

嫂嫂用自己的手巾去替他揩拭的时候，他故意要表示谦逊，紧握着她的手和她争执。

叶罗提读了不少的小说了。

堂兄不在家，他到嫂嫂房里闲谈的时候，嫂嫂要叫他说书。

他起初说些《伊索寓言》，说些《天方夜谭》，渐渐地渐渐地说到《茄茵小传》，说到《茶花女遗事》，说到《撒喀逊劫后英雄略》了。①

　　说到爱情浓密的地方，嫂嫂也不怪他。

　　有一次嫂嫂在做针线的时候，他又看见嫂嫂的顶针。

　　——"嫂嫂，你的顶针真是发亮呢。"

　　——"我当心地用了好几年，眼子都穿了许多了。"

　　——"嫂嫂，你肯把这个顶针给我吗？"

　　——"你真痴，男子家要顶针来做甚么呢？"

　　——"你给我罢，嫂嫂。"

　　嫂嫂瞪着眼睛看他，看了一会又把头埋下去了：

　　——"好，我便给你。但你要还我一个新的。"

　　"我远远地听着你的脚步声音便晓得你来了，我的心子便
要跳跃得不能忍耐。"

　　"你的声音怎那么中听呢？我再也形容不出呀！甜得就和
甘蔗一样的。"

―――――――――

　　①　《伊索寓言》，相传最先为公元前6世纪的古希腊寓言作家伊索
所编。现在流传的《伊索寓言》，有三百多篇，系由后人整理编辑而成。
《天方夜谭》，阿拉伯著名民间故事集《一千零一夜》的旧译名。《茄茵
小传》，英国作家哈葛德（1856—1925）所作长篇小说。《茶花女遗事》，
通译《茶花女》，法国作家小仲马（1824—1895）所作中篇小说。《撒喀逊
劫后英雄略》，通译《艾凡赫》，英国作家司各特（1771—1832）所作长篇
小说。

"从前我在人面前嘴是很硬的，现在渐渐软起来了，我听见人家在说不贞的女子的话，我的耳朵便要发烧了。"

"我怕睡了谈梦话唤出了你的名字来。"

"我恨我比你多活了十几年呀！"

"我不知道怎样，总想喊你的名字。"

叶罗提从他嫂嫂的口中，渐渐地渐渐地听出了这些话来了。

十年后的春天，同是在后园里的竹林下面。
嫂嫂怀着第三次的孕身，叶罗提也从中学毕了业了。
十五夜的满月高朗地照着他们。
——"我希望这回的小孩子能够像你呢。"
——"怎么会像得起来呢？"
——"古人说：心里想着甚么，生的孩子便要像甚么的。"
——"真个像了，你倒要遭不白之冤呢。"
——"唉，人的心总爱猜疑到那些上去。……你今晚上怎么总不爱说话呢？你要走了，你还有甚么对我说的吗？"

—— "我没有甚么话可说，但是，……你假如是肯的时候，我只想，……"

—— "你想甚么呢？"

—— "我想把你的右手给我……"

—— "给你做甚么？"

—— "给我……亲吻。"

—— "啊，那是使不得的！使不得的！"

—— "你不肯么？连这一点也不肯吗？……"

两人沉默着了。

—— "你明天是定要走的吗？"

—— "不能不走了。"

—— "怎么呢？"

—— "考期已经近了。"

—— "啊，还要进甚么大学呢？"

—— "不是愿意进，是受着逼迫呀！"

—— "受着甚么人逼迫？"

—— "世间上的一切都好像在逼迫着我，我自己也在逼迫着我，我好像遭了饥荒的一样。"

—— "你去了也好，不过……唉，我们……怕没有再见的机会了。"

—— "哪有那样的事情呢？……"

两人又沉默着了。

嫂嫂像要想说甚么话，但又停止着没有说出口来。

——"你想要说甚么？怎么想说又不说呢？"

——"唉……我……我……我肯呢。"嫂嫂说了，脸色在月光之下晕红起来，红到了耳畔了。

她徐徐地把右手伸给叶罗提。

叶罗提跪在地下捧着嫂嫂的右手深深地深深地吻吸起来。嫂嫂立着把左手紧搁着他的右肩，把头垂着半面。她的眼睛是紧闭着的，他也是紧闭着的。他们都在战栗，在感着热的交流，在暖蒸蒸地发些微汗，在发出无可奈何的喘息声音……

如此十五分钟过后，嫂嫂扶着叶罗提起来，紧紧拥抱着他的颈子，颤声地说道：

——"啊啊，我比从前更爱你了。"

叶罗提被猛烈的呛喀喀醒转来的时候，顶针已经不在他口里了。

他在那天晚上接着他堂兄从家里寄来的一封信。信里说，他的嫂嫂就在那年的夏天在产褥中死了！死的临时还在思念着他，谵语中竟说他回到了家里。

他读完了信，索性买了一瓶白兰地回来，一面喝，一面泪涔涔地把嫂嫂的顶针在灯下玩弄。他时而把眼睛闭着，眼泪便一点一滴地排落进酒杯里。

他把一瓶酒喝得快要完的时候，索性把顶针丢在口中，倒在床上去睡了……

看护妇把手伸去替他省脉，意识昏迷的他却在叫道：

——"啊，多谢你呀，嫂嫂。"

看护妇又把手伸前去插体温表在他的右胁窝下，他又在叫道：

——"啊，多谢你呀，嫂嫂。"

他病不两天，终竟被嫂嫂的手把他牵引去了。

医生的死亡证上写的是"急性肺炎"，但没有进行尸体解剖，谁也不曾知道他的真正的死因。

1924年10月16日

菩提树下

一

我的女人最喜欢养鸡。她的目的并不在研究遗传，并不想有甚居积，充其量只是想给孩子们多吃几个鸡蛋罢了。

因此之故她总是爱养母鸡。每逢母鸡要生蛋的时候，她真是欢喜极了，她要多把些粮食给它，又要替它做窝。有时候一时要做两三个窝。

鸡蛋节省着吃，吃到后来母鸡要孵卵的时候，那是她更操心的时候了。孵卵的母鸡每隔一天要飞出窝来摄取一次饮食，她要先替它预备好；又要时常留心着不使母鸡在窝里下粪，因为这样容易使孵卵腐败。还有被孵抱着的鸡卵她也要常常把微温的盐水去试验，在水上可以浮起的便是腐败了的，她便要取出，沉下去的便仍使母鸡孵抱。像这样足足要操心三个礼拜，等到鸡卵里面可以听出啾啾的叫声了，那时候她有两三天是快乐得不能安定的。

我们养鸡养过五六年，鸡雏也不知道孵化过好几次了。但是孵化了的鸡雏不是被猫鼠衔去，便是吃米过多得脚气病死了。自己孵化出的鸡雏从不曾长大过一次。

我们又是四处飘流的人，遇着要远徙他方的时候，我们的鸡不能带着同走。在那时我们的鸡不是送人，便是卖给鸡贩子去了。自己养过的鸡怎么也不忍屠杀。所以我们养鸡养了五六年，自己所养的鸡从不曾吃过一次。

所养的鸡也并不多，至多不过四五只；我们除把些残菜剩饭给它们外，平常只听它们去自行渔食罢了。

二

养了五六年的鸡，关于鸡的心理，我也留下了不少的幽凉的记忆。鸡的生活中我觉得很有和人相类似的爱的生活存在。

假如有一群鸡在园子里放着的时候，请把一些食物向鸡群里洒去罢。这鸡群里面假使有一只雄鸡，你可以看出它定要咯咯地呼唤起来，让母鸡去摄取那食物，它自己是决不肯先吃的。这样本是一个很平常的现象，但这个很平常的现象不就有点像欧洲中世纪的游吟诗人（troubadour）的崇拜女性吗？

有一次我们养过三只牝鸡，两只雄鸡。这两只雄鸡中只有一只得势，把那三只母鸡都占有了。那不得势的一只，真是孤苦得可怜。得势的一只雄鸡不消说要欺负它，便连那些娥皇女英们也不把它看在眼里。它有时性的冲动发作了，偷觑着自己的情敌不在，便想方设计地去诱惑它们。分明是没有食物的，它也要咯咯地叫，或者去替它们梳理羽毛，但它们总不理睬它。它弄得焦急了，竟有用起暴力来，在那时它们一面遁逃，一面戛着惊呼求救的声音，呼唤它们的大舜皇帝。等到大舜皇帝一来，那位背时的先生又拖着尾巴跑了。

——啊，你这幸福的大舜皇帝！你这过于高傲了的唐璜（Don Juan）！你占领着一群女性，使同类多添一位旷夫。

那回是我抱了不平，我把得势的一只雄鸡卖了。剩下的一位旷夫和三位贞淑的怨女起初还不甚相投，但不久也就成了和睦的夫妇了。

还有一件更显著的事情，要算是牝鸡们的母爱。牝鸡孵化了鸡雏的时候，平常是那么驯善的家禽，立地要变成一些鸷鸟。它们保护着自己的幼儿是一刻也不肯懈怠的。两只眼睛如像燃着的两团烈火。颈子时常要竖着向四方倾听。全身的神经好像紧张得要断裂的一样。这样加紧的防御。有时还要变为攻击。不怕你便不怀敌意走近它们，它们也要戛出一种怪的叫声，飞来啄你。摄取饮食的时候，它们自己也决不肯先吃，只是咯咯地唤着鸡雏。假如有别的同类要来分争，不管是雄是雌，它们一样地总要毫不容情地扑啄。睡眠或者下雨的时候，要把自己的鸡雏抱在自己的胸胁下，可怜胸脯上的羽毛要抱来一根也没有存在的程度。像这样的生活，要继续两三个月之久。在这时期之内，它们的性的生活是完全消灭了的。

三

啊，今年的成绩真好，我们现在有两只母鸡，十六只鸡雏了。

我的女人在二月底从上海渡到福冈来的时候，便养了两匹母鸡：一匹是黄的，一匹是如像鹰隼一样。

我们住在这博多湾上的房子，后园是很宽大的。园子正中有一株高大的菩提树。四月初间我来的时候还没抽芽，树身是赤裸着的，我们不知道它的名字。我们猜它是栗树，又猜它是柿子树。但不久渐渐转青了，不是栗树，也不是柿树。我们问邻近的人，说是菩提树。

在这菩提树成荫的时候，我们的母鸡各个孵化了九只鸡雏。这鸡雏们真是可爱，有葱黄的，有黑的，有淡黑的，有白的，有如鹌鹑一样驳杂的，全身的茸毛如像绒团，一双黑眼如像墨晶，啾啾的叫声真的比山泉的响声还要清脆。

啊，今年的成绩真好，我们本有十八只鸡雏，除有一只被猫儿衔去，一只病死了外，剩着的这十六只都平安地长大了起来。现在已经是六月尾上了，鸡雏们的羽毛渐渐长出，也可以辨别雌雄了。我们的这十六只鸡雏想来总不会被猫儿衔去，不会病死了罢？鸡雏吃白米过多时，会得白米病，和人的脚气病一样，好端端地便要死去，但我们现在吃的是麦饭，我们的鸡雏们总不会再得白米病了罢。

——"啊，今年的成绩真好。"

我的女人把吃剩着的晚饭，在菩提树下撒给鸡群吃的时候，她笑着向我这样说。

鸡雏啾啾地在她脚下争食，互相挤拥，互相践踏，互相剥啄着。

三诗人之死

　　孩子们没有友伴，出外去的时候，因为国度不同，每每受邻近的渔家的儿童们欺侮。坐在家里，时常听见他们在外面的哭声，或则流泪回来，有时他们又表现些不好的行为，说出些不中听的言语，这当然是从外边濡染来的了。因此我们便立了一个家规：没有大人同行时不许他们出去。

　　但是这又太孤苦他们了。

　　晓芙时常对我说：我们去买匹兔子来喂罢，兔子干净，喂来也不很费事。

　　五月中旬的一天傍晚，我们便走到一家养兔园去。

　　兔子的种类很多的。

　　养兔主人说：兔的繁殖力很大，生后六个月便要生儿，第一胎五六匹，以后每月一胎，一胎七八匹。

　　我那时听了这话，很是出乎意外。我以为这养兔的事业倒是很有利益的一项生意了。譬如在正月里买一对满了六个月的兔儿来，养到年底便可以产出将近千匹的子孙了。

　　不过养兔的人又说：出产太多了，事太麻烦，每胎大概只留两匹，要杀死五六匹——这也是一种无形的生存竞争。假如不加屠戮时，恐怕全地球要成为兔子的王国呢。

在兔园里我们买了一只怀了孕的雌兔。但是我们的心并不是望她在一年之后替我们产出千匹的子孙，我们的心事只望她产几匹儿子来替我们的儿子们做做朋友罢了。

我们买的雌兔是波斯种，这只是据养兔的人告诉我们的，毛是棕褐色的，和我们平常看见的山兔一样。我们从养兔园里把她抱回寓里来，养她在"玄关"里面——日本房屋的玄关就像我们说的"朝门"（江苏人称为"门槽"），大概的结构是前后两道门的进口中间的一个过道，横不过一丈，纵不过五尺。

雌兔和我们同居之后，起初异常怕人，但相处一两日，也就和人亲近起来，向人依依求食了。我们每天的清早在草原里去摘些带着露水的鲜草来喂她，晚上我们出游的时候，也把她带到海岸上去，任她在草原里闲散。孩子们非常的高兴，邻近的儿童们看见，也觉得非常羡慕。但是高兴极了，他们又要常起争端，因为他们对于她的态度，不能时常一致。有时一个想作弄她，嗾使她，而别一个又要袒庇她，保护她；小小的保护者时而用出他们最后的武器来：便是放声大哭了。

相处一礼拜了，十日了，十二日了。欢娱的五月看看便要告终，而我们的雌兔娘娘还不见产生儿子。我们观察她的动作，观察她的腹部，也没有什么异常，我们便疑是受了养兔者的欺骗了。

第十三天的清晨，在我起床去开门的时候，我的木屐下感受着一种柔软的东西，同时发出一声微弱的鼠叫。我惊异了，以为是踏死了一只老鼠了，但我把大门打开时，啊，奇怪！鼠子般的兔儿，在过道里东一个西一个的爬着。我不禁叫着说道：兔子产了儿了！兔子产了儿了！晓芙和儿子们听见了，便都跑到门道里来。

兔儿一共是五匹——我们的兔母自然是第一次的出产了。被我践踏了的一个，因为受伤太重，终竟死了。出产好像是在夜半，兔儿并不藏在娘的肚下，冻得如像冰块一般了。我们赶忙把棉花来做了窝。把踏死了的一匹埋在后园里的茶花树下，又叫和儿去买了一个豆腐来供养兔母。

兔儿的身长不过是一寸光景，眼还没有开。光嫩的皮肤连一点茸毛也还没有。有两匹是红色的，有两匹是黑色。我们疑他们太小了，晓芙说：怕是早产吧？但我们的结论是看他们今后的死活如何。

兔母出产后，我们得了些意外的经验。

别的家畜如像猫，如像犬，如像鸡，他们的母性是异常鲜明的。在养育幼儿时候，它们完全呈出猛禽猛兽的变态，独于我们的这匹母兔对于她的幼儿们却没有丝毫爱护的情谊。她产后的精神和肉体，完全和产前一样，在第一天上对于她的幼儿全不喂奶。晓芙说：人的奶子头一天是没有的，怕兔子也是一样罢？但到第二天来她仍然不喂奶，只自照常跳跃着吃草，也不抱抚她的幼儿。兔儿也没有啼饥的声音。待到第三天上来，一匹弱小的红的，终竟死了。怕就是早产罢？不然，便会是饿死了的。我们决心用武力强迫了，把兔母按着，把剩下的三匹兔儿放在她的怀里，兔儿盲目地寻起奶来，仰着身吸得上好。

——这只母兔真怪，很有点像西洋妇人。

兔儿渐渐大起来了，皮肤也渐渐粗糙起来了，起初嫩得和缎面一样的，渐渐像鲛鱼皮一样了，满了一个礼拜，眼睛总还不容易睁开。

就在满了一个礼拜的那天的晚上，晓芙走去关门的时候，突然又听见一声尖锐的鼠叫声，兔儿又被踏坏一个了。这回是一只顶大的黑的，踏伤了左边的前脚，幸还不至于死。晓芙在电灯光下赶快把了些沃度丁儿，脱脂绵和裹带，来替他把伤处护好了，心里着实很难过了一下。

从此以后这只兔儿便成了跛脚，我们便叫他是拜轮（Byron），还有两只，一只红的大些的，我们便叫他是雪莱（Shelley），一只黑的小些的，我们便叫他是其茨（Kehtc）。

我们这三位诗人，在第十天上才睁开了眼睛，身上的茸毛也渐渐长得和海虎绒一样了。拜轮和其茨是灰黑的，雪莱却是黄的。

我们的三个儿子也就成为了三位诗人的保护者（Patron），大儿保护拜轮，次儿保护雪莱，三儿保护其茨。不过这几位小小的保护者也和一般艺术家的保护者相像，是等于玩弄罢了。

最有趣的是才满岁半的三儿，连他自己才勉强能如鸭子一样簸行得两步，他却爱用他肥胖的手儿去把其茨提捉。或是横提，或是顺提，或是倒提，无论身上的哪一部分都不管，总是用手去捏着，便抱着欢笑起来。好在柔顺的兔子，不啮人也不抓人，所以小儿们也决没有受惊惶的时候。

兔子的不作声息，真到了可以令人惊愕的地步。

母兔从早到晚只是默默地啮些青草，把周身的神经十分紧张，不住的动着唇，屹着耳，凝着眼，警备着敌人的伤害。稍微有些风吹草动，便好像上了发条一样，立刻逃遁起来。

兔儿自从睁眼后，也渐渐发挥起这些本领来了，遁逃的神速真是令人想到"狡"字的徽号是应该专属于他们的。

但是他们的爪牙不足以保护自己的身体，他们的嗜好，只是些青嫩草苗，他们没有伤人的武器，也没有伤人的存心，而他们的敌人却是四面环布！他们假使没有这锐敏的神经和神速的四肢，他们在这地球上的生存恐怕早已归了地质学家的领域了。

我听见兔子的声音，如像鼠叫一样的，只有三次。第一次是我最初踏死胎儿的时候。第二次是晓芙踏伤拜轮。拜轮自从跛了脚以后，身体的发育渐渐停滞了，跑路也不十分敏捷。晓芙特别爱怜他，我也时常加甚深的注意。但是他又使我们听着第三次的鼠叫了。

我们自从母兔产生以后，每逢晴天便把她拴在园子里的一株桔子树下，三位诗人是自由地放在他们的母亲的旁边。

那是一天晚上。我们拿着碗筷正要吃晚饭的时候，突然又听见我们听见过的一种哀切的鼠叫声，大家都惊屹了起来，立地跑向园里去。

——啊，猫子，猫子！拜轮衔去了！拜轮衔去了！

我们看见一只雄大的黑猫，衔着那脚上还带着裹带的拜轮，向邻家的茅屋顶上跑去。我们吆喝它，它从屋顶上掉转身来把我们凝视着。我们又不好投石子去打，怕打坏了别人家的茅屋。我们只得瞠目地看着我们的诗人在那黑魆魆的恶魔的口中死去。

啊，可怜的拜轮！可怜的拜轮！他的死，比真正的拜轮百年前在希腊病死了的，对于我们还要哀切得多呢。他使我们感受着一种无抵抗主义者的悲哀，一种不可疗救的悲哀。——这种悲哀的确是不可疗救的；无抵抗主义者即使沉默地把自己的性命牺牲，但是谁能保定以后的黑猫不再吃我们的兔子呢？

我们那天晚上大人和孩子都是食不下咽的了。心里最难过的怕是晓芙。她始终说拜轮是被她杀死了的。因为她把脚给他踏伤了，所以才有这场奇祸出来。别的两只都逃掉了的，假使脚不受伤他也定然可以逃兔的罢？……她始终怨艾着说出这样的话，但是有什么方法呢？人到了失去抵抗能力的时候，连一只黑猫也要肆意地轻侮你呢！

拜轮死了，我们对于雪莱和其茨更加注意地爱护了。我们始终把他们养在玄关里面，不放他们出来。

有一次晓芙和三个儿子都往澡堂里去了。是中午时候，一位游方和尚到我门前来化缘。他把大门打开走进玄关里来，摇着金钟哇啦哇啦地便念起佛号。我是最恨和尚的人，我故意没有去理会他。他哇啦哇啦响了一阵，又独自走了。在他走后有两秒钟光景，我突然想起玄关里的两位诗人来，我跑去看时，公然不见了！

——啊。这混帐的秃头骗子！他恨我没有给他钱米，他把我的一对兔儿偷去了！

我蹋起木板鞋便追赶出去。

和尚正在邻家化缘，我看见他挂在头上的一个布袋里面，的确有什么东西在蠕动着一样。

——你这混帐的秃头骗子！你这不是我的兔子吗？

我很想跑上去把他扭着了，但是我又怕诬枉了人，想回头去再检查一遍。

到回头来把开着的两扇门拉开，两只兔子才从门扇后滚了出来。——

像这样的悲喜剧我们不知道演过多少回，我们对于他们的爱情一天一天地深厚起来。我们没把他们当成畜生看待，我们是把他们当成我们家族的成员看待了。我的晓芙尤为溺爱他们。她隔不两天总爱替他们沐浴，我们笑呼为"诗人的洗礼"。其实受过洗礼的诗人们实在是再可怜不过的。他们的丰美的毛衣被水打湿了，形态丑陋得不堪，并且冻得战巍巍地一点也不能活动。我时常嘲笑我的晓芙，我说像你这样的爱，才真正是"溺爱"呢。

是拜轮死后的第几周，我现在不记得了，我们的雪莱和其茨都已经成了翩翩出世的佳公子，已经从玄关生活解放出来了。

他们在菩提树的树阴下，在美人蕉的花丛中，在碧绿的嫩草里，互相追逐的情形最是有风趣的画景。

他们在园里耍倦了，又每从墙脚的罅隙处跑向海岸上去。起初我们很关心，他们一出去了，便跑去把他们追逐回来，但是回数太多了，他们自己也很晓得路径，我们随后就懒得去追逐了。

有一天午后其茨突然不见了，不知道他是几时出去了的，等到傍晚时分他也不见回来。

傍晚晓芙举行"诗人的洗礼"的时候，只剩着雪莱，但是雪莱也是奄奄无生气了。

——这是什么原故呢？

晓芙在他的毛衣里发现了许多蛆虫，原来他的脊背上不知是几时受了伤，更不知是几时已经腐化了。

可怜的雪莱就在那天晚上无声无息地死了去，第二天起来只看见他的尸首卧在地上。

就是这样，我们的三位诗人便先先后后地离别了我们而去。我们等其茨回来，一直等到现在，现在已经是秋神将临的时候了，而他终不见回来。想来我们的这位诗人不是死在犬猫的口中，一定是填了两脚兽的肠腹了。

小麻猫

一

我素来是不大喜欢猫的。

原因是在很小的时候，有一天清早醒来，一伸手便抓着枕边的一小堆猫粪。

猫粪的那种怪酸味，已经是难闻的；让我的手抓着了，更使得我恶心。

但我现在，在生涯已经走过了半途的目前，却发生了一个心理转变。

二

重庆这座山城老鼠多而且大，有的朋友说：其大如象。

去年暑间，我们住在金刚坡下面的时候，便买了一只小麻猫。

雾期到了，我们把它带进了城来。

小麻猫虽然稚小，却很矫健。

夜间关在房里，因为进出无路，它爱跳到窗棂上去，穿破纸窗出入。破了又糊，糊了又破，不知道费了多少事。但因它爱干净，捉鼠的本领也不弱，人反而迁就了它，在一个窗格上特别不糊纸，替它设下布帘。然而小麻猫却不喜欢从布帘出入，总爱破纸。

在城里相处了一个月，周围的鼠类已被肃清，而小麻猫突然不见了。

大家都觉得可惜，我也微微有些惜意：因为恨猫究竟没有恨老鼠厉害。

三

小麻猫失掉，隔不一星期光景，老鼠又猖獗了起来，只得又在城里花了十五块钱买了一只白花猫。

这只猫子颇臃肿，背是弓的。说是兔子倒像些，却又非常的濡滞。

这白花猫倒有一种特长，便是喜欢吃馒头，因此我们呼之为"北京人"。

"北京人"对于老鼠取的是互不侵犯主义。我甚至有点替它担心，怕的是老鼠有一天要不客气起来，竟会侵犯到它的身上去的。

四

就在我开始替"北京人"担心的时候，大约也就是小麻猫失掉后已经有一个月的光景，一天清早我下床后，小麻猫突然在我脚下缠绵起来了。

——啊，小麻猫回来了！它不知道是什么时候回来了的。

家里人很高兴，小麻猫也很高兴，它差不多对于每一个人都要去缠绵一下，对于以前它睡过的地方也要去缠绵一下。

它是瘦了，颈上和背上都拴出了一条绳痕，左侧腹的毛烧黄了一大片。

使小麻猫受了这样委屈的一定是邻近的人家，拴了一月，以为可以解放了，但它一被解放，却又跑回了老家。

五

小麻猫虽然瘦了，威风却还在。它一回到老家来依然觉得自己是主人，把"北京人"看成了侵入者。

"北京人"起初和它也有点敌忾，但没几秒钟就败北了，反而怕起它来。

相处日久之后，小麻猫和"北京人"也和睦了，简直就跟兄弟一样——我说它们是兄弟，因为两只都是雄猫。

它们戏玩的时候，真是天真，相抱，相咬，相追逐，真比一对小人儿还要灵活。

就这样使那濡滞的"北京人"也活跃起来了，渐渐地失掉了它的兔形，即恢复了猫的原状。

跳窗的习惯，小麻猫依然是保存着的。经它这一领导，"北京人"也要跟着来，起先试练了多少次，便失败了多少次，不久公然也跳成功了。

三间居室的纸窗，被这两位选手跳进跳出，跳得大框小洞；冬风也和它们在比赛，实在有些应接不暇。

人是更会让步的，索性在各间居室的门脚下剜了一个方洞，以便于猫们进出。这事情我起初很不高兴，因为既不雅观，又不免依然替冷风开了路，不过我的抗议是在洞已剜成之后，自然是枉然的。

六

小麻猫回来之后，又相处了有一个月的光景，然而又失掉了。

但也奇怪，这一次大家似乎没有前一次那样地觉得可惜。

大约是因为它的回来是一种意外的收获，失掉也就只好听其自然了吧。

更好在"北京人"已被训练成为了真正的猫，而不再是兔子了。

老鼠已经不再跋扈，这更减少了人们对于小麻猫的思慕。

小麻猫大概已被人带到很远很远的地方去了吧，它是怎么也不会回来的了。——人们也偶尔淡淡地这样追忆，或谈说着。

七

可真是出人意外，小麻猫的再度失去已经六七十天了，山城一遇着晴天便已感觉着炎暑的五月，而它突然又回来了。

这次的回来是在晚上，因为相离得太久，对人已经略略有点胆怯。

但人们喜欢过望，特别的爱抚它。我呢？我是把几十年来对猫厌恶的心理，完全克服了。

我感觉着，我深切的感觉着：我接触着了自然底最美的一面。

我实在是受了感动。

回来时我们正在吃晚饭，我拈了一些肉皮来喂它，这假充鱼肚的肉皮，小麻猫也很欢喜吃。我把它的背脊抚摩了好些次。

我却发现了它的两只前腿的胁下都受了伤。前腿被人用麻绳之类的东西套着，把双方胁部的皮都套破了，伤口有两寸来往长，深到使皮下的肉猩红地露出。

我真禁不住要对残忍无耻的两脚兽提出抗议。盗取别人的猫已经是罪恶，对于无抵抗的小动物加以这样无情的虐待，更是使人愤恨。

八

盗猫的断然是我们的邻居：因为小麻猫失去了两次都能够回来，就在这第二次的回来之后都不安定，接连有两晚上不见踪影，很可能是它把两处都当成了它的家。

今天是第二次回来的第四天了，此刻我看见它很平安地睡在我常坐的一个有坐褥的藤椅上，我不忍惊动它。

昨天晚上我看见它也是在家里的，大约它总不会再回到那虐待它的盗窟里去了吧。

九

我实在感触着了自然底最美的一面，我实在消除了我几十年来的厌猫的心理。

我也知道，食物的好坏一定有很大的关系，盗猫的人家一定吃得不大好，而我们吃的要比较好一些——至少时而有些假充鱼肚骗骗肠胃。

待遇的自由与否自然也有关系。

但我仍然感觉着，这里有令人感动的超乎物质的美存在。

猫子失了本不容易回来，小麻猫失了两次都回来了，而它那前次的依依，后次的惬怅都是那么的通乎人性。而且——似乎更人性。

我现在很关心它，只希望它的伤早好，更希望它不要再被人捉去。

连"北京人"我也感觉着一样的可爱了。

我要平等的爱护它们，多多让它们吃些假充鱼肚。

1942年5月6日

杜　鹃

杜鹃，敝同乡的魂，在文学上所占的地位，恐怕任何鸟都比不上。

我们一提起杜鹃，心头眼底便好像有说不尽的诗意。

它本身不用说，已经是望帝的化身了。有时又被认为薄命的佳人，爱国的志士；声是满腹乡思，血是遍山踯躅；可怜，哀惋，纯洁，至诚……在人们的心目中成为了爱的象征。这爱的象征似乎已经成为了民族的感情。

而且，这种感情还超越了民族的范围，东方诸国大都受到了感染。例如日本，杜鹃在文学上所占的地位，并不亚于中国。

然而，这实在是名实不符的一个最大的例证。

杜鹃是一种灰黑色的鸟，毛羽并不美，它的习性专横而残忍。

杜鹃是不营巢的，也不孵卵哺雏。到了生殖季节，产卵在莺巢中，让莺替它孵卵哺雏。雏鹃比雏莺大，到将长成时，甚且比母莺还大。鹃雏孵化出来之后，每将莺雏挤出巢外，任它啼饥号寒而死，它自己独霸着母莺的哺育。莺受鹃欺而不自知，辛辛苦苦地哺育着比自己还大的鹃雏：真是一件令人不平、令人流泪的情景。

想到了这些实际，便觉得杜鹃这种鸟大可以作为欺世盗名者的标本了。然而，杜鹃不能任其咎。杜鹃就只是杜鹃，它并不曾要求人把它认为佳人、志士。

人的智慧和莺也相差不远，全凭主观意象而不顾实际，这样的例证多的是。

因此，过去和现在都有无数的人面杜鹃被人哺育着。将来会怎样呢？莺虽然不能解答这个问题，人是应该解答而且能够解答的。

1936年春

蚯 蚓

我是生于土死于土的蚯蚓，再说通俗一点吧，便是所谓曲鳝子，或者再不通俗一点吧，便是"安尼里陀"（Annelida，即蠕虫类）的一属。

我的神经系统是很单纯的。智慧呢？说不上。简直是不能用你们人类——你们"活魔、撒骗士"（Homo Sapiens，即人类）的度量衡来计算。

因此我们并不敢妄想要来了解你们，但希望你们不要把我们误解或至少对于你们有关系的事物更能够了解得一点。

你们不是说是万物之灵吗？尤其是你们中的诗人不是说是"灵魂的工程师"吗？那岂不又该是万人之灵了？

前好几天，下了一点雨，我在一座土墙下，伸出头来，行了一次空气浴。隔着窗子我听见一位"灵魂的工程师"在朗诵他的诗：

——蚯蚓呀，我要诅咒你。你的唯一的本领，就是只晓得打坏辛苦老百姓们的地皮。

诗就只有这么几句，但不知道是分成廿行卅行。听说近来一行一字——甚至于有行没字的诗是很流行的，可惜我没有看见原稿。

诗翻来复去的朗诵了好几遍，虽然有几个字眼咬得还不十分清楚，但是朗诵得确是很起劲。

照我们蚯蚓的智慧说来，这样就是诗，实在有点不大了解，不过我也不敢用我们蚯蚓的智慧来乱作批评。但我们蚯蚓，在"灵魂的工程师"看来，才是这么应该诅咒的东西，倒实在是有点惶恐。

我们也召开了一次诗歌座谈会，根据这首诗来作自我批评。可我们蚯蚓界里对于诗歌感觉兴趣的蚯蚓，都不大十分注重这件事。

大部分的同志只是发牢骚，他们说："活魔"是有特权的，只要高兴诅咒，就让他们诅咒吧。

有的说：我们生于土、死于土，永远都抬不起头，比这还有更厉害的诅咒，我也并不觉得害怕了。

有的又说：假设我们打坏地皮于他们是有害，那就让这害更深刻而猛烈一点。

发了一阵牢骚没有丝毫着落，我们还是要生于土，死于土，而且还要受"灵魂的工程师"诅咒。这实在是活不下去了。我是这样感觉着，因而便想到自杀。

"活魔"们哟，你们不要以为连自杀都是只有你们才能够有的特权吧，你们看吧，我们曲鳝子也是晓得自杀的。

不过我们的方法和你们的是正相反，你们是钻进土里来或钻进水里来，便把生命庾死了，我们是钻出土外或钻出水外去，便把生命解放了。

今天是我选择来自杀的一天，我虽然晓得太阳很大，在土里都感受着它的威胁，但我知道这正是便于自杀的一天。

我实在气不过，我要剥夺你们"活魔"的特权。你诅咒我吧，我要用死来回答你。

我怀着满怀的愤恨，大胆的从土里钻出去，去迎接那杀身的阳光。

我一出土，又听见有人在朗诵。——哼，见鬼！我赶快想缩回去，但没有来得及，那朗诵的声音已经袭击着我：

——……达尔文著的《腐植土和蚯蚓》里面曾经表彰过蚯蚓，说它们在翻松土壤上有怎样重大的贡献。……

吓？！我们还经过大科学家表彰过的吗？我们在翻松土壤上才是有着很大的贡献吗？这倒很有意思，我要耐心着听下去。

——蚯蚓吞食很多的土壤，把那里面的养分消化了，又作为蚯蚓的粪，把土壤推出地面上来。在蚯蚓特别多的肥沃的园地里面，每一英亩约有五万匹之谱，一年之内会有十吨以上的土壤通过它们的身体被推送到地面，在十年之内会形成一片细细耕耨过的地皮，至少有两英寸厚。……

对啦。要这样才像话啦！这正是我们蚯蚓界的实际情形。我虽然已经感觉着太阳晒到有点难受了，但我冒着生命的危险，还要忍耐着听下去。

——用达尔文自己的话说吧："犁头是人类许多最古而最有价值的发明之一，但在人类未出现之前，地面实在是老早就被蚯蚓们有秩序地耕耨着，而且还要这样继续耕耨下去，别的无数的动物们在世界史中是否曾经做过这样重大的贡献，像这些低级的被构造着的生物们所做过的一样，那可是疑问。"

我受着莫大的安慰，把自杀的念头打断了。太阳实在晒得太厉害，差一点就要使我动弹不得了，我赶快用尽全身的气力，钻进了土里来。

我在土里渐渐喘息定了，把达尔文的话，就跟含有养分的土壤一样，在肚子里咀嚼，愈咀嚼愈觉得有味。究竟是科学家和诗人不同，英国的科学家和中国的诗人，相隔得似乎比英国到中国的距离还要远啦。

平心静气的说，我们生在土里，死在土里，吞进土来，拉出土去，我们只是过活着我们的一生，倒并没有存心对于你们人要有什么好处，或有什么害处。

因而你们要表彰我们，在我们是不虞之誉；你们要诅咒我们，在我们也是求全之毁。

我们倒应该并不因为你们的表彰而受着鼓励，也并不因为你们的诅咒而感到沮丧。

不过你那位万物之灵中的"灵魂的工程师"哟，你那位蚯蚓诗人哟，一种东西对于自己究竟是有利还是有害，你至少是有灵魂的，当你要诅咒，或要开始你的工程之前，请先把你的灵魂活用一下吧。

或许你是不高兴读科学书，或许甚至是不高兴什么达尔文；因为你有的是屈原、杜甫、荷马、莎翁。这些人的作品你究竟读过没有，我虽然不知道，但你是在替老百姓说话啦，那就请你去问问老百姓看。

老百姓和我们最为亲密，他也是生于土而死于土，可以说是你们人中的蚯蚓。

几千年来，你们的老百姓曾经诅咒过我们吗？他曾经诅咒过我们，像蝗虫，像蟊贼，像麻雀，像黄鳝，乃至像我们的同类蚂蟥吗？古今中外的老百姓都不曾诅咒过我们，而你替老百姓说话的人，你究竟看见过锄头没有？

老百姓自然也不曾称赞过我们，因为他并没有具备着阿谀的辞令，不像你们诗人们动辄就要赞美杜鹃，同情孤雁那样。

其实杜鹃是天生的侵略者，你们知道吗？它自己不筑巢，把卵生在别个的巢里，让别的鸟儿替它孵化幼雏，而这幼雏还要把它的义兄弟姊妹挤出巢外，让它们夭折而自己独占养育之恩，你们知道吗？

离群的孤雁是雁群的落伍者，你们知道吗？你们爱把雁行比成兄弟，其实它们是要争取时间，赶着飞到目的地点，大家都尽所有的力量在比赛，力量相同，故尔飞得整齐划一，但假如有一只力弱，或生病，或负伤，它们便要置之不顾，有时甚至要群起而啄死它。这就是被你们赞美而同情的孤雁了，你们知道吗？

你们不顾客观的事实，任意的赞扬诅咒，那在你们诚然是有特权，但你们不要把我们做蚯蚓的气死了吧。

不要以为死了一批蚯蚓算得什么，但在你们的老百姓便是损失了无数的犁头啦。

我们是生于土而死于土的，有时你们还要拿我们去做钓鱼的饵，但不必说，就是死在土里也还是替你们做肥料，这样都还要受诅咒，那就难为我们做蚯蚓的了。

但是我现在只不过是这样说说而已，我是已经把自杀的念头抛去了的。达尔文的话安慰了我，从死亡线上把我救活了转来。我还是要继续着活下去，照他所说的继续着耕耨下去。在世界史上做出一匹蚯蚓所能做到的贡献。

我们有点后悔，刚才不应该一肚子的气愤只是想自杀，更不应该昏天黑地的没有把那位读书的人看清楚。他是倚着一株白果树在那儿站着的，似乎是一位初中学生。

我很想再出土去看清楚他来，但是太阳实在大得很，而且我生怕又去碰着了蚯蚓诗人的朗诵。

算了吧，我要冷静一点了，沉默地埋在土里，多多的让土壤在我的身体中旅行。明天会不会被那一位"活魔"挖去做钓鱼的饵，谁个能够保证呢？

羊

几只黑色的山羊睡在一处山坡上。

一样的颜色，一样的循规蹈矩，一样的没有声音，一样的拉出一些黑色团子。

有什么变动吧，你用角来牴触我一下，我用角来牴触你一下。如此而已。

山坡上的草早就吃光了。有绳子拴着，圈子外的青草不能吃，也不敢吃。

没有水喝，只好舔舔彼此的口水或者尿水。有时又望望天，希望下点雨来。

牧羊人哪儿去了？

不，你没听见他在哗拳吗？他就在旁边的酒店子里面和朋友们闹酒。时而也有一些有盐味的残汤剩水泼下来，这是天上降下的甘露了。

有一只睡得近些的阉羊，得以舔到这种甘露。精神一焕发，也就得意地、但是单调地咩出几声；意思是说："更多些呀，让让大家均沾。"

它这样，便感觉着已经成为了大众的喉舌。

1944年9月5日

黑与白

"少见黑曰黑，多见黑曰白"，古人以为悖理。其实这是很平常的现实。

乌鸦是漆黑的，我们说它不白，它是不白。

白鹤有丹顶和黑翎，我们说那些不白，那些也的确是不白。

聪明的乌鸦却找着抗辩的口实了："哼，你们说我不白吗？连白鹤都有人说它不白呢！"

于是乎乌鸦就好像比白鹤还要白了。

1944年10月16日

人所豢畜者

狗

我是中国人，很不喜欢狗。这情绪似乎是一种国民的情绪。

请看，"狗东西"，这一骂不是超越了阶级，无分贫富，不问主奴？足见狗即有功，终归无赖。

外国人看狗似乎两样，他们称之为"忠实"。这是站在人类自私的立场。其在我们，则正以其"忠实"，故不足齿数。

中国人亦有自甘为犬马者，但终属自谦之辞。自谦即是认明犬马终属下等。故只闻"犬子"而不闻犬郎之称，遑论犬翁犬母矣。

猫

可惜你太小了。

不然你应该能吃更伟大的老鼠。

猪

呜呼超然。和光同尘,有寿者相。

我佛如来苦心修行,困而得之者,而我公则出自天授。

是无我三昧,是至上涅槃,玄之又玄,圆之又圆,最后多了一声"呜呼",有损渊默。

骆驼

昂头天外,意则深矣远矣而忘浅近矣。

可惜不能化而为鸟,其名为鹏。

兔

我能原谅你,你要那样神经过敏。

我也能原谅你,你是那样的多产作家。

鸭

板鸭是鸭子典型的最高的形象化。

这形象虽然出自人为,然而内容终是鸭子。可知内容实决定形式也。

鸡　公

义务宣传家的末路。

鸡　婆

过火的贤妻良母主义者。

共夫而不妒，而且还要讲究贞操。

多产而不辞劳，公然还要孵化鹅鸭。

鹅

只有这一点好处——在池塘里面浮着，可以假充白鸟（鸿）。

牛

你的力量大，我佩服你。

你替老百姓服务，我赞美你。

但你的肉为什么要那样好吃？

我等待着你的回答。

马

你的脚据说也是从五个指（趾）头进化来的，而今只剩下一个指头了。

我看只有一条进化的路在等待着你：便是最后的四个指头一齐消灭。

象

是一位极端主义者。一切极端的东西都集中在自己的身上。太长，太大，太厚，太粗，太小，太细，太猛，太驯，太笨，太灵，太不调和而又太调和。

万象一如，是大宇宙，象哉，象哉。

金鱼

她是不会害羞的。

蛔虫

我代表我们寄生虫同志发言：

我们共同认为寄生虫这个徽号很可以满足。

蚕 子

说我"作茧自缚"吗？笑话！我是作茧来束缚你们。——蚕蛹在锅里这样说。

蜂

须要知道，甜蜜的家庭是一团团蜡的网子。

臭 虫

我是信仰孔夫子的，时止则止，时行则行，泛爱众而亲仁。

孔夫子的信仰存在一天，我总存在一天。

孔夫子的声名施及蛮貊，故如今外国也有我的族类了。

为什么不能说是黄种的光荣呢？

跳 蚤

典型的政客。

才在不流血革命，一下又"失踪"了。

虱子

我和希特拉是同志。

我知道你们厌恶我，但我不能因你们厌恶而不存在。我倒是最大的洁癖家，我在和污秽作斗争。

什么？我不应该传染瘟疫——斑疹伤寒，培斯脱[1]？

这只是为了要提高你们的纯种化，不然，你们为甚么要拥戴我？

其它

猎鹰——一九四五年以后的美国人。

火鸡——丘吉尔的塑像。

鸽子——丝毫没有保障的乌托邦。

羊子——为什么要生角？

其它——……

1946年11月21日

---

① 鼠疫，Pest的音译。——作者注。

消夏两则

一、寻人

"人乎，人乎，魂兮归来！"

这是我在三十三年二月八日替《浮士德》第一部的东南版所写的序文的标题。我那时在替日耳曼民族招魂。我说："日耳曼民族未听此劳苦人之教训，误为狂兽所率领而已群化为虎狼，毒性所播，并使它族亦多效尤而虎狼化。人类在如海如洋的血泊中受难，因而于苦劳人之体念倍感深切。——人乎，人乎，魂兮归来！"

然而到了今天，我感觉着这太肤浅了。人的"虎狼化"吗？不！假使站在虎狼的立场，就会反对这样的表现。虎狼虽然是肉食性的猛兽，但它们在同类间是很少自相残害的。虎吃虎，狼吃狼，是很少见的事。然而人吃人，人杀人，而且集体的吃，集体的杀，却是家常茶饭事了。人不是比虎狼还要残忍，还要猛恶吗？

30年前我还在大学的时候，我学的是医科。有一次在精神病的教室里，教授叫人引了狂人出来示范，那是一位躁性狂，被两个人控制着，总想脱身，两眼放着可怕的光，口里不断地叫着：人到哪儿去了？人到哪儿去了？人到哪儿去了？……

那样简单的呐喊，喊得我真有点毛骨悚然。

我们那时相信他是狂人，但他真是狂人吗？

假使他真是狂人，那我今天也就算发狂了。因为我是想这样呐喊：

"人到哪儿去了？人到哪儿去了？人到哪儿去了？……"

二、牛的教训

陶行知过世转瞬就已一周年了。

今天是周年忌后的第二天，早晨寿昌和力扬在朋友处借了一部汽车来约我同到大场去，访问育才学校。

很晴朗的天气，虽然在盛暑，但在汽车中有凉风涤荡，觉得很舒服。

好久不到市郊了，一到田畴间，好像才突然发现了的一样，原来还有这么宽的自由天地！

道旁有些无花果园，果实已大逾拇指。

正是芝麻开花的时候，那青白的钟形花在浓碧的厚叶下，显得特别新鲜。

到了学校，一切都还在建设中，把美国进来的一栋活动房屋，顶上天去做成楼房，下面砌了很高的砖壁准备作为礼堂之用。我感觉着：这是最好的废物利用。

是谁发明了这样的利用法，实在是值得赞美。

遇见了不少重庆的熟朋友，我虽然第一次来，但好像回了自己的老家。

柿子树四处成荫，结着青的果实。

我喜欢的广东木莲，两大株，对称地种在正院前面的园子里，可惜花时已经过了。我追念着那厚大的莲花样的白花，那浓重而毫无吝惜的香气。厚朴树也把花时过了。

陶行知的遗像挂在大堂的右壁正中，壁次有好些纪念文字，是昨天做了纪念会所留下的。

但陶行知却分明在我的眼面前走着。

我们首先被邀去看了学校后面的牛栏，养着五条母牛，骍色而间插着一些白色箭毛。

学生们自己在挤牛奶。

牛是没有穿鼻的，据说驾御上相当困难。一出了栏，很不容易追捕，入栏时也要很多人拖。下船后曾有一次一条牛跑了，开了一部吉普车去才追回来。

中国人发明了穿鼻的办法——这到底是值得赞美，还是值不得赞美的呢？我在心里这样想。

五条牛看见我们一些生人，它们歆动了一下，不一会，整齐地排成一列，都把臀部朝着我们。

真是可以佩服，那样的整齐划一。

这分明是不欢迎的表示。

我相信牛是看见了都市去的人，带着了一些都市臭。以臀部相向，大概是以臭对臭吧？

牛！我倒希望你们把头掉过来，就跟田单的火牛一样，向你不喜欢的人牴触。

参观了附近的托儿所，听了育才小朋友们唱歌，看了他们跳舞。吃了他们煮的饭，新鲜毛豆，新鲜番茄。

有这么多的亲人在这儿，有这么宽的自由天地在这儿，我为什么一定要苍白着一个面孔呢？

我真不想走了，我愿意在这儿看守牛栏。

是的，我得让那五条牛也回过脸来，和我亲昵。

1947年7月28日

第四辑

文化与社会

全世界的江河都在向着海洋流……

你纵能够使它一时停滞乃至倒流片时，然而你终不能使它永远倒流向山上。

郭沫若致宗白华

白华兄：

　　我昨晚写了一封信，还不曾付邮，今晨上学，又接到你的惠书，我才知道我从前所闹出的事情，时珍早对你说了，你同时珍更肯不念我的旧恶，我今后唯有努力自奋，以期自盖前愆，以期不负我诸至友之厚爱。我前次所寄上的那封信，你替我公开了，正是我所求之不得的，我何敢至于"怪你"呀?！我常恨我莫有Augustine①，Rousseau②，Tolstoi③的天才，我不能做出部赤裸裸的《忏悔录》来，以宣告于世。我的过去若不全盘吐泻净尽，我的将来终竟是被一团阴影裹着，莫有开展的希望。我罪恶的负担，若不早卸个干净，我可怜的灵魂终久困顿在泪海里，莫有超脱的一日。我从前对于我自己的解决方法，

---

　　① 奥古斯丁（Saint Augustine，354—430），罗马帝国基督教思想家，教父哲学的主要代表。著有《上帝之城》《忏悔录》等。

　　② 卢梭（Jean-Jacques Rousseau，1712—1778），法国启蒙主义思想家、文学家。著有《社会契约论》《忏悔录》《爱弥儿》等。

　　③ 列夫·托尔斯泰（Лев Николаевиц Толстой，1828—1910），俄国文学家。著有《战争与和平》《安娜·卡列尼娜》《复活》等。

只觑定着一个"死"。我如今却掉了个法门，我要朝生处走了。我过去的生活，只在黑暗地狱里做鬼；我今后的生活，要在光明世界里做人了。白华兄！你们便是我彼岸的灯台，你们要永远赐我的光明，使我早得超渡呀！

——Den Drang nach Wahrheit und die Lust am Trug. [①]

歌德这句话，我看是说尽了我们青年人的矛盾心理的。真理要探讨，梦境也要追寻。理智要扩充，直觉也不忍放弃。这不单是中国人的遗传脑筋，这确是一切人的共有天性了。歌德一生只是一些矛盾方面的结晶体，然正不失其所以为"完满"。我看我们不必偏枯，也不要笼统：宜扩充理智的地方，我们尽力地去扩充，宜运用直觉的地方，我们也尽量地去运用。更学句孟子的话来说，便是"乃所愿则学歌德也"[②]，不知道你可许赞同我这样的意思么？

我对于诗词也没有甚么具体的研究。我也是最厌恶形式的人，素来也不十分讲究他。我所著的一些东西，只不过尽我一

———————————

① 德语，《沫若文集》作者自译："向真理追求，向梦境寻乐。"这是《浮士德·舞台上的序剧》中的诗句。

② 孟子（约前372—约前289），名轲，字子舆，战国中期邹（今山东邹城）人。继孔丘之后儒家学派的代表人物。这里套用孟子的话，见《孟子·公孙丑上》："孟子曰：'乃所愿则学孔子也。'"

时的冲动，随便地乱跳乱舞的罢了。所以当其才成的时候，总觉得满腔高兴，及到过了两日，自家反复读读看时，又不禁浃背汗流了。只是我自己对于诗的直感，总觉得以"自然流露"的为上乘，若是出以"矫揉造作"，只不过是些园艺盆栽，只好供诸富贵人赏玩了。天然界的现象，大而如寥无人迹的森林，细而如路旁道畔的花草，动而如巨海宏涛，寂而如山泉清露，怒而如雷电交加，喜而如星月皎洁，莫一件不是自然流露出来的东西，莫一件不是公诸平民而听其自取的。亚里士多德说："诗是模仿自然的东西。"[①]我看他这句话，不仅是写实家所谓忠于描写的意思，他是说诗的创造贵在自然流露。诗的生成，如像自然物的生存一般，不当参以丝毫的矫揉造作。我想新体诗的生命便在这里。古人用他们的言辞表示他们的情怀，已成为古诗，今人用我们的言辞表示我们的生趣，便是新诗，再隔些年代，更会有新新诗出现了。

你所下的诗的定义确是有点"宽泛"。我看你把他改成文学的定义时，觉得更妥帖些，因为"意境"上不曾加以限制。近来诗的领土愈见窄小了。便是叙事诗，剧诗，都已跳出了诗域以外，被散文占了去了。诗的本职专在抒情。抒情的文字便不采诗形，也不失其诗。例如近代的自由诗，散文诗，都是些

---

① 语出亚里士多德的《诗学》第一章："史诗和悲剧、喜剧……这一切实际上是模仿。"

抒情的散文。自由诗散文诗的建设也正是近代诗人不愿受一切的束缚，破除一切已成的形式，而专摅诗的神髓以便于其自然流露的一种表示。然于自然流露之中，也自有他自然的谐乐，自然的画意存在，因为情绪自身本是具有音乐与绘画之二作用故。情绪的吕律，情绪的色彩便是诗。诗的文字便是情绪自身的表现（不是用人力去表示情绪的）。我看要到这体相一如的境地时，才有真诗好诗出现。

诗于一切文学之中发生最早。便从民族方面以及个体方面考察，都可得其端倪。原始人与幼儿的言语，都是些诗的表示。原始人与幼儿对于一切的环境，只有些新鲜的感觉，从那种感觉发生出一种不可抵抗的情绪，从那种情绪表现成一种旋律的言语。这种言语的生成与诗的生成是同一的；所以抒情诗中的妙品最是些俗歌民谣。便是我自己的儿子，他见着天上的新月，他便要指着说道："Oh, moon! Oh, moon！"①见着窗外的晴海，他便要指着说道："啊，海！啊，海！爹爹，海！"我得了他这两个暗示，我从前做了一首《新月与晴海》一诗是：

---

① 英语，意为："哦，月亮！哦，月亮！"

一

儿见新月，

遥指天空。

知我儿魂已飞去，

游戏广寒宫。

二

儿见晴海，

儿学海号。

知我儿心正飘荡，

血随海浪潮。

我看我这两节诗，硬还不及我儿子的诗真切些咧！

　　诗的原始细胞只是些单纯的直觉，浑然的情绪。到了人类渐渐文明，个体的脑筋渐渐繁复，想把种种的直觉情绪分化蓄演起来，于是诗的成分中，更生了个想象出来。我要打个不伦不类的譬比是：直觉是诗胞的Kern①，情绪是Protoplasma②，想

---

　　①　德语，《沫若文集》作者自译："细胞的核"。

　　②　德语，《沫若文集》作者自译："原形质"。

象是Centrosoma[①]，至于诗的形式只是Zellenmembran[②]，这是从细胞质中分泌出来的东西。

我近来趋向到诗的一元论上来了。我想诗的创造是要创造"人"，换一句话说，便是在感情的美化（Refine）。艺术训练的价值只可许在美化感情上成立，他人已成的形式是不可因袭的东西。他人已成的形式只是自己的监狱。形式方面我主张绝端的自由，绝端的自主。至于美化感情的方法：我看你所主张的（一）在自然中活动；（二）在社会中活动；（三）美觉的涵养（你的学习音乐绘画，多读天才诗人诗的项目，都包括在这里面）；（四）哲理的研究；[③]都是必要的条件。此外我不能更赘一辞了。

说了这一长篇几乎莫有可以收脚的地方，我还是归到我本身来收脚罢。我的诗形不美的事实正由于我感情不曾美化的缘故。我今后要努力造"人"，不再乱做诗了。人之不成，诗于何有？弥海尔安葛罗[④]Michelangelo说：

---

① 拉丁语，《沫若文集》作者自译："染色体"。

② 德语，《沫若文集》作者自译："细胞膜"。

③ 这些主张见宗白华《新文学底源泉》一文，发表于1920年2月23日上海《时事新报·学灯》。

④ 弥海尔安葛罗（Michelangelo Buonarroti，1475—1564），通译米开朗基罗，意大利文艺复兴时期画家、雕塑家、建筑家和诗人。代表作有雕塑《大卫》，大型壁画《创世纪》《最后的审判》等。

Art is a jealous thing. It requires the whole and entire man.^①

Art呀！你真是个jealous thing，你怕不要我这样的人了！白华！你也恐怕不要我这样的人了罢？

沫若　九，二，一六夜。

---

① 英语，意为："艺术是个善妒的东西，它要整个的和完全的人。"

论中德文化书
——致宗白华兄

　　德国人对于我国文化近来仍是十分关心，这真足以使我们增加无限的自觉与自信。德国最近书报，少有机会阅读，但观他们对于相对论、量子论等科学上的新论争，与乎艺术上的表现主义①的狂飚运动，他们对于欧洲固有的科学精神与进取主义，似乎也并未全盘唾弃。

　　东方的精神思想可以以"静观"二字代表之。儒家、佛家、道家都有这种倾向。……这种东方的"静观"和西方的"进取"实是东西文化的两大根本差点。

　　欧洲大战后疲倦极了，来渴慕东方"静观"的世界，也是自然的现象。中国人静观久了，又破开关门，卷入欧美"动"的圈中。

---

　　①　西方资产阶级文学艺术流派之一，20世纪初发生在德国，流行于欧洲国家。它强调表现作家的自我、感受和主观感情，认为主观是唯一真实，否定现实世界的客观性和文艺的目的性。作品表现了对资本主义的盲目反抗情绪。

前年在《民铎》①杂志二卷五号上得读你致李石岑②的信，我对于你这种观点，不免有几分怀疑。动静本是相对的说辞，假定文化的精神可以动静划分，以中国文化为静，西方文化为动，我觉尚有斟酌的余地。一国的或一民族的文化受年代与环境的影响，本难有绝对纯粹之可言：如容许我们在便宜上或在一般常习上把世界旧有文化粗略划分时，我们可以得四种派别：（一）中国，（二）印度，（三）希伯来③，（四）希腊。中国文化与印度文化之不能混同，犹之乎希伯来思想与希腊思想之不能混同一样。印度思想与希伯来思想同为出世的，而中国的固有精神与希腊思想则同为入世的。假使静指出世而言，动指入世而言，则中国的固有精神当为动态而非静观。

我国的古代精神表现得最真切、最纯粹的总当得在周秦之际。那时我国的文化如在旷野中独自标出的一株大木，没有受些儿外来的影响。自汉以后佛教传来，我国的文化已非纯粹。我国的文化在肯定现世以图自我的展开，而佛教思想则在否

<hr />

① 1916年6月创刊于东京，由留日学生"学术研究会"主办。1918年12月起改在上海出版；1929年停刊，共出版十卷五十二期。

② 李石岑（1892—1934），原名邦藩，湖南醴陵人。1919年起先后主编过《民铎》杂志、《时事新报·学灯》《教育杂志》等，曾任中国公学、暨南大学等校哲学教授。

③ 犹太人的别称。下文所说的希伯来思想，是指以犹太教和基督教的教义《新旧约全书》为代表的古犹太民族的传统思想。

定现世以求自我的消灭。我国的儒家思想是以个性为中心，而发展自我之全圆于国于世界，所谓"修身，齐家，治国、平天下"，这不待言是动的，是进取的。便是道家思想也并不是不进取。老庄思想流而为申不害、韩非，是人所尽知的。老子的无为清静说为后人所误解，误认为与佛教思想同科，实则"无为"二字并不是寂灭无所事事，是"生而不有，为而不恃"的积极精神。我们试把"为"字读成去声，便容易得其旨趣。人类的精神为占有欲望所扰，人类的一切烦乱争夺尽都从此诞生。欲消除人类的苦厄则在效法自然，于自然的沉默之中听出雷鸣般的说教。自然界中，天旋地转，云行雨施，漫无目的之可言，而活用永远不绝。自然界中，草木榛榛，禽兽狉狉，亦漫无目的之可言，而生机永远不息。然而自然界中之秩序永远保持着数学的谨严，那又是何等清宁的状态！人能泯却一切的占有欲望而纯任自然，则人类精神自能澄然清明，而人类的创造本能便能自由发挥而含和光大。据我看来，老子的无为说应该是这样的意思，老子的恬静说是由这种思想所产生出来的活静。活静与死静不同。活静是群力合作的平衡状态，而死静则是佛家的枯槁寂灭。道家思想与佛学根本不同，我辈似不宜因形式上之相类而生淆惑。

我国的传统思想，依我所见，是注重现实、注重实践的。我国思想史的幼年，伏羲氏仰观象于天，俯观法于地，观鸟兽之文与地之宜，近取诸身，远取诸物，于是始作八卦，[①]于第一步便已从自然观察发轫，与希腊文明之起源正是两相契合。希腊文明之静态，正如尼采[②]所说：乃是一种动的Dionysus（酒神）的精神祈求的一种静的Apollo（太阳神）式的表现。它的静态，正是活静而非死静。希腊文明是近代科学文明之母。我辈如立足于佛教或耶教的钟楼以俯瞰乎现世的一切，则对于现世的科学文明当然不能满足；然而我们既赞扬希腊文明，同时又不能忘情于我国的传统，则科学文明不当加以蔑视。

此次大战[③]，欧洲人所受惨祸诚甚深剧。然而酿成大战的原因，科学自身并不能负何等罪责。科学的精神在追求普遍妥当的真理，科学家的职志也在牺牲一切浮世的荣华而唯真理之启迪是务。伟大的科学家，他们向着真理猛进的精神是英雄的行为，而他们超然物外的态度也不输于圣者之高洁。以科学而施诸实用，正是利用厚生的唯一要道，正足以增进人类幸福

---

① "这是根据《易·系辞传》的说法，其实，伏羲不必实有其人，八卦的产生也并不很古。不过中国文化富于现实性是可以肯定的。"八卦，即是八种有象征意义的图形，用"——"和"— —"符号组成，名称是乾、坤、震、巽、坎、离、艮、兑，象征天、地、雷、风、水、火、山、泽八种自然现象，其中乾、坤两卦最为重要，被认为是自然界和人类社会一切现象的最初根源。——作者注

② 尼采（Friedrich Nietzsche，1844—1900），德国唯心主义哲学家。唯意志论和"超人"哲学的提倡者。著有《悲剧的诞生》《查拉图斯特拉如是说》等。

③ 指1914年至1918年间发生的第一次世界大战。

于无穷；唯在资本制度之下而利用科学，则分配不均而争夺以起；表面上好像科学自身是在为虎作伥，殊不知所被利用者即使不是科学而争夺之祸仍不能避免。欧战之勃发乃是极端的资本主义当然的结果。远见的思想家在欧战未发以前已断言资本主义之必流祸于人类，伟大的实行家于欧战既发以后更急起直追而推翻其祸本。马克思与列宁终竟是我辈青年所当钦崇的导师。欧洲不乏近视眼的批评家，见欧战之惨毒而遽行宣告科学文明破产。我国自印度思想输入以后，几千年来溺佛者遁世无营，避佛者亦故步自画，平素毫不知科学精神之为何物，每举与唯利是图的资本主义混而为一如，一闻欧洲人因噎废食的肤言，则不禁欣然而色喜，我辈对此似宜有所深戒而详加考察。①

人生的幸福如在消极无营的静态之中始能寻求，此种假说于根于上已不免自相矛盾。因为一方面既肯定人生，而他方面却于否定之中以求幸福，归根只好以消灭人生为至上的幸福了。这种矛盾的论理，非我辈所能信服，亦非我辈所能实行。我辈肯定人生，则当于积极进取的动态中以求生之充实。我国传统精神示授我们一个生活的指针，从希腊文明递演出的科学精神正是我辈青年所当深深吮吸而以自为营养的一种资料。科

---

① 此处有意反对梁启超的《欧游心影录》，该书正尽力鼓吹科学文明破产。——作者注

学虽不是充实人生的一个全圆，但它是这个全圆的一扇重要的弧面。

科学能诞生于欧洲，能导源于希腊，何以独不能早发生于东亚？这是我们从研究文化哲学者的口中每每容易听到的一个疑问。对于这个疑问，在我辈不承认中国文化与希腊思想根本不同的人，最容易解答。科学本有在我国发生之可能，并且于历史上曾有发生之事实。我国文化是从自然观察发轫，农业的发达恐比世界中任何国的历史为先。在上古时候与农业有密切关系的星学，在周以前已有特产的独立系统了。我们读我国于考古上最可征信的一部《诗经》，稍微敏感的人，总得感受一种莫大的惊异。凡世界文明各国的古代文学以及未开化地区的现存文学中，其最主要的成分便是原始人的生活状态。如战争，如游猎，如恋爱，如跳舞，如崇祀鬼神等等是原始人的日常生活，也正是原始人表现生活的文学的内容。我国的《诗经》，在现存的书籍中可以算是最古的文学了。《诗经》的本来面目虽被迂腐的后儒蒙蔽了几千年，然我们到现在即使撤去一切有色眼镜去观察，在其中也寻不出多少原人的生态。《国风》中言恋爱的最多。然而那时的恋爱已经是受过深赡的文化的洗炼，已经不是原始人的粗型。其他原始生活的资料更是绝无仅有，有的多是贵族的游乐与国家的行事了。所以我们即以《诗经》一书为证人，已足以证明我国文化于周以前已确有一长时期的焕发。而我们读《诗经》的人尤有不能不惊异之事，则诗中草木鸟兽的名汇之丰富，在孔子时代已教人不可不多读了，而其丰富的智识乃更为当时妇人女子之所赋有！星座中的二十八宿①，我们近代青年能举其名的，恐怕已不可多得，更不能期望其能在天体中——按名指实了；而在当时的女子却能即景赋诗，借星辰以指示物候。例如《小星》②第二章"嘒彼小星，维参与昴"，参在西洋的Orion星座（猎户星座）中，昴是Taurus（金牛星座）的一部分与邻近的一团小星Pleiades（昴星）。两者同是黄道上的二十八宿之一宿。这些名实，我是最近两年读了几本关于星学的书才晓得的，回顾我们几千年前做人妾媵的女子竟能借以抒情写实，难道我们不能不深自惭愧吗？惭愧是另外一件事，我们在这个引证中可以发现两个史实：（一）二十八宿的名称在周时已有成文③，（二）星学的智识更已普及于当时的妇人女子。我们从这两个事实更可以得到一个断案：便是我国关于星学的智识，在周或周以前，已经有固有的系统了。

周秦之际，初期的学者于实践理性的探讨诚别开一个新面，如道家的反对有神论而提出本体观，儒家的博大的人生

---

① 我国古代天文家为了观测天象和日月星辰的运行，在黄道带与赤道带的两侧绕天一周，选取二十八个星官作为观测的标志，称为"二十八宿"。

② 《诗经·国风》篇名。

③ 这个断案靠不住，二十八宿形成体系是在战国中叶。个别星名在其前虽已有所见，但不能作为已有二十八宿的证据。——作者注

哲学之体系化，在我国思想史上诚达到空前的高潮，然于纯粹理性方面则不免有偏枯之憾。我国本来是动的进步的文化精神，殆不能因此而自限，于是先秦末期的学者便大都离去捕风捉影的形而上的玄思，而趋向于自然现象的客观研究。论理学可在《墨子》书中寻出其萌芽，物理学也可在该书中寻出一些胎儿的化石。邹衍的"先验小物推而大之"的归纳法，惠施的"遍为万物说"，都具有纯粹科学的面目。可惜邹衍的十余万言和惠施的五车书，好像被秦人一火都烧得干干净净。及到佛教传来，而我国固有的精神又被后人误解，于是纯粹科学之不能诞生便一直达到我们现在。静观的印度文化之遗误我们，正不啻静观的希伯来主义之遗误欧洲中世纪与利己的资本主义之毒祸欧洲现世纪一样！我国近年有反抗耶教运动勃兴，在提倡者心中是根据何种精神以从事，我虽尚未加以剖析，但这运动本身的表现是合乎正轨的。我根据我自己的想念，我觉得佛教思想与希伯来主义、资本主义都在我们所当极力排斥之列。我们要把动的文化精神恢复转来，以谋积极的人生之圆满。

德国的文化可算是希腊思想的嫡传，在德国人自身自许是如是，在我们第三者的研究也承认是如是。德国自十八世纪以来，经诸大哲学家、诸大艺术家、诸大科学家的努力，它对人类文化是有贡献的。德国人之受祸是祸在军阀者流的狂妄，妄想为资本主义扶轮，欲以武力统一世界；对于他们本国的先哲理想仅仅视以为装饰品，不则曲解之以为其军国主义的护符——军国主义是资本主义的派生物，近代国家的政府军队是资本家佣置的鹰狗，刑政举措是资本家拥护财产的藩翰。德国人遭此次大战的打击，痛觉昨日之非而能翻然改辙，正是好事，他们于此可以发见本国文化的真相，如拨云雾而见青天，他们无因受困厄而悲观之必要。他们对于我国的文化那么倾心，也怕是他们在我们的镜子之中照出了自己的面孔。但是据你此次来信所说：德国的《文艺月刊》（*Literarische Rundschau*）中第一篇的《亚洲之魂灵》竟"盛称孔子以家庭为本位，给社会国家一个感情组合的基础，不似欧洲社会是以个人与群众的利害关系为基础，容易破坏堕落"。我读你这段引言，觉得德国有一部分人对于欧洲社会之破坏堕落的原因并未十分明了，而对于我国的文化更不免隔靴搔痒，盲目赞美。我国的家族制度是原始时代的孑遗，并非创始于孔子，而家族制度对于我国社会之功过亦未容易论定。孔子的人生哲学正是以个人为本位，它的究竟是望人人成为俯仰无愧的圣贤，能够"博施于民而能济众"。

该文作者又云："老子的思想直接道着欧洲近代社会的弊病，所以极受德国战后青年的崇拜；战前德国青年在山林中散步时怀中大半带了一本尼采的《查拉图斯特拉》（*Zarath- ustra*），现在德国青年却带老子的《道德经》了。"老子思想如何道着欧洲社会的弊病，来函过简，不能明知作者意向之所在，但我隐隐觉得作者的意思似与你前年的观察相仿佛，便是：欧洲大战后疲倦极了，来渴慕东方"静观"的思想。然我于老子与尼采的思想之中，并发见不出有甚么根本的差别。老子的思想绝非静观，我在前面已稍有溯述，而老子与尼采相同之处，是他们两人同是反抗有神论的，同是反抗藩篱个性的既成道德，同是以个人为本位而力求积极发展。他们两人的缺点也相同，是为己多而为人少。如果站在为己的立场来欣赏老子，并欣赏他的静观，那吗过分为己的尼采误了德国，过分为己的老氏也挽救不了德国。

太写长了，恐有渎扰你的清听之处，请你原谅我。我国自佛教思想传来以后，固有的文化久受蒙蔽，民族的精神已经沉潜了几千年，要救我们几千年来贪懒好闲的沉疴，以及目前利欲薰蒸的混沌，我们要唤醒我们固有的文化精神，而吸吮欧西的纯粹科学的甘乳。我们生在这再生时代的青年，责任是多么沉重呀！我们要在我们这个新时代里制造一个普遍的明了的意识：我们要秉着个动的进取的同时是超然物外的坚决精神，一直向真理猛进！我的这种意思已经郁集了多时，偶因你来函的启发，便借此机会以一吐为快。你身居德国，望你也将我们这样的意思介绍给德国人，我相信，我们的素心足以安慰受难中的德国青年之失望。

1923年5月20日夜书毕

天才与教育

　　天才——天才这一个名词，用得比我们中国再滥的国家，恐怕没有了。譬如把中国的新兴文艺来说，我们的喊声虽然很高，但是究竟有甚么作家在那里？我记得前两月在《觉悟》①上看见有人说鲁迅说过中国还没有一个作家。我承认鲁迅这句话决不是目空一切的傲语。的确是我们中国还没有一个作家。不怕以作家自命的很不乏人，但是我们请平心静气地问一问：中国的小说界有没有半个托尔斯泰、契和甫、戈里奇②……？中国的诗坛有没有半个波多雷尔、费尔冷、费尔哈冷③……？中国的剧团有没有半个易卜生、斯特林普、威德肯特④……？

---

　　①　上海《民国日报》副刊，1919年6月创刊，1931年末终刊。"五四"时期曾积极宣传新文化运动。"五卅"运动后政治态度开始发生变化。

　　②　契和甫，通译契诃夫；戈里奇，通译高尔基。

　　③　波多雷尔（Charles Pierre Baudelaire，1821—1867），通译波德莱尔。费尔冷（Paul Verlaine，1844—1896），通译魏尔伦。法国象征派诗人。著有《无言之歌》《智慧集》等。费尔哈冷（Emile Verhaeren，1855—1916），通译维尔哈伦。比利时象征派诗人、戏剧家。著有诗集《生活的面貌》《虚幻的乡村》，剧本《朝霞》等。

　　④　威德肯特（Frank Wedekind，1864—1918），通译魏德金，德国剧作家。写有剧本《春醒》《地灵》等。

但是天才的字眼却在中国是常见的了。

英国的道生（E. Dowson）[①]在诗坛上闻名的时候，大卫生（John Davidson）说过一句话："虽说出现了一只燕子，不会便是夏天呢！"[②]他这句话，虽不免带有几分我们中国的名产"文人相轻"的臭味，但是我们要褒贬一个人，的确是不能轻易下断语的。一只燕子飞来了，不能便说是夏天，然而中国的夏天好像只消要一只燕子飞来的光景。我们批评人的时候，动辄爱用"天才的作家"等类的字眼，严格地说时，中国实在连作家也没有，天才更在哪里呢？而有一辈狡猾的人，因之竟把天才来作为骂人的用语了。我们受人赞扬是天才的时候，应该晓得肉麻，受人唾骂为天才的时候，应该晓得愤恨。

天才究竟是甚么物件呢？我们不能和龙卜罗梭（Lombroso）[③]表赞同，说他便是狂人。我们也不能和一般俗见苟合，说他是天上的星宿。"天才与非天才的区别，不包含有数量以上的意义"——意大利的哲学家克罗采氏（B. Croce）[④]这个见

---

① 道生（Ernest Dowson, 1867—1900），通译道森，英国诗人。著有《诗集》《装饰》。郭沫若曾译过他的《无限的悲哀》。

② 文中所引大卫生（即戴维森）的话，本是一句来自古希腊的英国谚语 "One swallow does not make a summer"。

③ 龙卜罗梭（Cesare Lombroso, 1835—1909），通译龙勃罗梭，意大利资产阶级精神病学者，刑事人类学派代表。著有《犯罪者论》等。

④ 克罗采（Benedetto Croce, 1866—1952），通译克罗齐，意大利唯心主义哲学家和历史学家。著有《精神哲学》等。

解，我以为比较公平而合理。天才是人，绝不是人以外的甚么怪物。他与凡人的区别只有数量的相差，而没有品质的悬异。譬如对于美的感受性这便是在极原始的人也是有的，文艺家的感受性不过比常人更丰富，更锐敏一点罢了。更以数字来表示时，常人有四十分的，天才有八十，两种的差别就只有这么一点。并不是天才是香油而常人是臭水，天才是黄金而常人是白石，天才是仙人而常人是猴子。

天才所得于自然的是"天赋独厚"，然而自然对于天才的恩惠也只有这么一点。专靠天赋厚是不能成功为天才的。譬如同样的两粒种子，一个落在沃土，一个落在沙碛，它们的发育如何，我们可以不待实验而前定了。

照生物学上说来，一切生物的年龄可以活到它成熟期间的五倍或八倍，人的成熟期间有说是20年，有说是25年，加以五倍或八倍的数量，人总可以活到一百岁以上了。但是"人生七十古来稀"，人能活满自己的天寿的，实在极少，极少。精神上的发展也大概是这样。不怕赋有一百分的天赋的人，但是没有机会使他发展，或者只发展得到四五十分，结局只不过同凡人一样，或者连凡人的结果也还不如。譬如只有五十分的天赋的人发展到了四十分，当然比有一百分天赋只发展得二三十分的，其成果更占优势了。我们如更把体育来打比，羸弱的儿童卫生得法，比壮健的儿童完全不讲卫生的更能发育。这是易明的事实。

"人生七十古来稀，世上难逢百岁人。"——我们可以照样的说：天赋发展到七十分的从古以来少有，发展到一百分的恐怕更是千载难逢。

发展人的天赋的是甚么？便是教育——广义的教育。教育的至上的目标便是使人人完全发展其所有的天赋。

近代的学校教育有人说是"杀死天才的工具"，这话的意思是说他所取的划一主义与灌入主义，不能使个人的天赋尽量的发展。——其实他也可以使人发展得几分，但终不能尽量，所以归根只养成得一些千篇一律的庸才，归根只是把天才杀死了。

现在我们请说到实际上来。——我们中国近数年来连这一点养成庸才的学校都要无形消灭了，要望我们中国无论在任何方面多生出些天才来，这怎么能够呢？

大凡一国的政治濒于破产的时候，那一国的文化却转有蒸蒸日进的可能。譬如我国历史上的春秋战国时代，那时候天下的纷乱恐不输于我们现在了；然而它在我们的学艺史上却成为一个光昭百世的黄金时代。纪元前五世纪的雅典，东有波斯，南有斯巴达，西有新罗马，北有马克多尼亚（Macedonia），四面受敌，卒至屋覆，然而那时雅典的文化却永远为世界史上光荣的一页。那时雅典的人物如苏格拉底①，如柏

---

① 苏格拉底（Sokrates，前469—前399），古希腊唯心主义哲学家。

拉图①，如雕刻家的费爹亚士（Phidias）②，诗人的幼里皮德士（Euripides）③，剧曲家的亚里士多方（Aristophanes）④等等，真可谓人才济济了。文艺复兴时期的一群大星小星突现于黯淡的意大利。法兰西大革命的时候，科学界中竟现出了七曜。⑤德国的康德、歌德、许尔雷等伟大的天才也是出现在他们国度陵夷的时候。

假如只照历史上的表面的变化来揣测，我们目前的中国是应该产生大天才的时候了。然而我们目前的中国无论任何方面

---

① 柏拉图（Plato，前427—前347），古希腊唯心主义哲学家。苏格拉底的学生，亚里士多德的老师。著有《理想国》《法律篇》等。

② 费爹亚士（Phidias，前480—前430），通译菲狄亚斯，主要活动时期在公元前448年至前432年，古希腊雕刻家。擅长神像雕刻，其作品是古希腊雕刻艺术全盛时期的代表作。

③ 幼里皮德士（Euripides，约前480—约前406），通译欧里庇得斯，古希腊三大悲剧家之一。现存作品有《美狄亚》《特洛伊妇女》等。

④ 亚里士多方（Aristophanes，约前446—前385），通译阿里斯托芬，古希腊喜剧作家。现存作品有《阿卡奈人》《骑士》《和平》等。被称为"喜剧之父"。

⑤ 我国古代以日、月与金、木、水、火、土五大行星合称七曜。此处借指法国大革命时期的七位科学家，通常指化学家安多纳·罗朗·德·拉瓦西埃（Antoine Laurent de Lavoisier，1743—1794）、天文学家皮艾尔·西蒙·德·拉普拉斯（Pierre Simon de Laplace，1749—1827）、数学家加斯帕尔·蒙日（Gaspard Monge，1746—1818）、医学家乔治·屈微尔（Georges Cuvier，1769—1832）、自然科学家让·巴普蒂斯特·拉马克（Jena‒Baptiste Lamarck，1744—1829）、医学家乔治·卡巴尼（Georges Cabanis，1757—1808）和菲利普·皮耐尔（Philippe Pinel，1745—1826）。

究竟有甚么天才在那里？……这个疑问不仅我一个人在此连发，现在在报章杂志上露出这样口吻的人在在皆是。然则我们现在的中国为甚么生不出天才来？要解答这个问题，我觉得也很容易。一言以蔽之，便是我们中国素来不重视教育。

动乱与天才的发生，决不能有甚么直接的因果关系。有教养的国民而经动乱，他的物质生活虽受打击，而他的精神生活转有统一的可能。人莫跌于山而跌于垤，正因为处境艰难，聚气凝神而意识不散，所以不遭颠扑。又如善用兵的人有"投之亡地然后存，陷之死地然后生"的策略，也正是同一的理由。但是这种兵也总要经过训练的才能成事，假使毫未经过训练，即使处之危亡，不怕就断指满舟，也会要争船而渡了。

危地是需要勇士的时候，乱国是需要天才的时候。有那一种素养而为迫切的需要所逼促，所以全军可以尽成干城，而天才可以蓬生于一世。没有这一种素养，只有这一种需要，就譬如把一粒小石种在温室中的花盆里，任你如何促迫，它也迸发不出萌芽来。我们中国目下出不了天才，便就是这样。平常本无发生天才的可能，纵使需要迫切，也只好像希望石头迸芽。

克罗采把人性的活动分为四种：一是直观的，二是推理的——这两种是理论的活动，三是伦理的，四是经济的——这两种是实践的活动。于是他在真善美之外加了一个"利"。他准此区别也把天才分为四种范型。文学家、艺术家便是属于直观的美的天才。哲学家、科学家便是属于推理的真的天才。圣人、教主之类便是伦理的天才。经济的天才可以说是大政治家、大资本家之类了。克罗采氏说这种利的天才是"恶天才"，是"恶魔的天才"。他这种分法假如可以承认的时候，我们素来注重实际而唯利是图的市井之徒，处在目前的乱世，无怪乎层出不穷地出了无数的"恶魔的天才"了。目下我们中国特有的只要钱不要脸的议员诸公、军阀、财阀和其他一切阀，不都是这一种范型的天才么？要是这么说时，我们中国的天才真是太多了，我们庸人复何不幸而生此恶魔的黄金时代哟！

我们中国除掉这种恶魔的天才多多发生而外，其余三方面的活动可惜太相形见绌了。一向是家而忘国、私而忘公的社会，我们怎能望它发生伦理的天才？一向是不讲逻辑的学术界，我们怎能望它产生出哲学和科学方面的尤物？更说到狭义的天才——文艺方面的天才上来，我们真是可怜到万分了！美的观感麻木了，无论是音乐、绘画，雕刻、建筑、舞蹈、文学，近百年来我们究竟有哪几样可以目无古人而夸耀全世？……我们古时大规模的音乐是已失传了，只剩下些胡琴、锣鼓，每日乱弹乱打，麻痹国民的神经。舞是失传了，文学是化了石，绘画、雕刻、建筑，都不脱前人窠臼。我们的独创性往哪儿去了呢？难道我们真成了石头，迸射不出生命的萌芽来了吗？

单拿音乐来说吧。要成全一个真正的音乐家，据说要从幼开始教养，六岁都稍嫌迟了。但像我们现代的青年，不怕就住在上海、北京，上了二三十岁还不曾看见过钢琴的，恐怕也不乏人。像生在这样的社会，即使具有莫查德（Mozart）[①]、悲多汶（Beethoven）、萧邦（Chopin）[②]等人的音乐天才，也没有机会来得到发展了。

个性发展的可能性有一种递减律存在。山东有一个朋友对我说过山东有几句谚语是："10岁的神童，20岁的才子，30岁的凡人，40岁的老而不死。"——这真是极有价值的谚语。

凡是职司教育的人，凡是养育儿女的人，不可不加以注意。可以摩天的松柏，栽植在花盆里，营养不充，抑制过甚，到老只成就一株蜷曲的小木，即使把它解放到山林里去，也不能成为巨材了。人生的教育，不仅是音乐一门要从四五岁着手呢！

我们现在是缺乏天才的时代，像我们现在也正是需要天才的时代。教育是作成人才的主要工具，教育在我们现代之必要无待乎赘言。但在我们教育破产的目前，职司教育的人只知道

---

① 莫查德（Wolfgang Amadeus Mozart，1756—1791），通译莫扎特，奥地利作曲家，维也纳古典乐派代表之一。幼年即表现出非凡的音乐才能，被誉为"十八世纪的奇迹"。写有意大利式歌剧《费加罗的婚礼》《唐璜》，德国民族歌剧《魔笛》，以及大量的交响曲、协奏曲等。

② 萧邦（Fryderyk Franciszek Chopin，1810—1849），通译肖邦，波兰作曲家、钢琴家。幼年便接触波兰民间音乐，表现出卓越的才能。写有钢琴协奏曲、钢琴奏鸣曲及钢琴独奏曲多种。

罢课索薪，卖教育用具的人只知道献贿名人以推广商业，我们要向他们宣传杀天才的学校教育之必要，这是愚而可悯。我在此地想提倡一下早期教育，这是人人能行，而且在人生历程中，为父母兄姐的人有应该施授的义务，为儿女弟妹的人有应该享受的权利的！

　　早期教育的倡始者与实行者是德国的法学博士客尔·维德（Karl Witte）[1]的父亲客尔·维德（父子同名）。父维德说，"儿童教育应该从儿童智力的曙光开始"。——这便是早期教育的定义。他如此主张了，如此实行了，子维德也因之而有了成就。八九岁的时候他便通晓德、法、意、拉、英、希六国语言；9岁入大学，14岁提出数学论文而成哲学博士，16岁又得法学博士而任柏林大学的教授。他一直活到83岁。父维德做了一部书叫《客尔·维德的教育谈》（*Karl Witte, Oder Frziehungs und Bildungsgeschichte Desselben*），叙述他教育子维德的事迹一直到14岁为止。他这本书在德国已经绝了版。而一百年后1913年，以15岁而从哈佛大学毕业的威廉·吉姆士·赛底司（William James Sidis），同年以12岁半而入哈佛大学，仅住三年而毕业（照例是四年）的亚多尔夫·帕尔（Adolf Berle），他们都是受了维德的赐，因为他们的父亲都是读过《客尔·维

————————————

① 客尔·维德（Karl Witte，1800—1883），通译卡尔·威特，德国法学家。其父是一位乡村牧师，注重儿童的早期教育。文中所述事实，均见日本木村久一著《早期教育和天才》。

德的教育谈》而照法施行了，竟得到同样的成功。

我们中国目下是需才孔急的时候，有许多热心国事的友人，彼此一谈到救国的问题，大多以为非从打破家庭做起不可。这种毁家纾难的古英雄的事业我们自然赞仰欢迎，但是从自家的儿童着手，为国家作育人才，这也正是人人能行的新英雄的事业吧。

1924年10月3日

答教育三问

一

关于一个民主国家的教育政策，至少它必须具备着这几个特点：

一、人民本位。为最大多数人谋最大幸福。它的反面是一切变相的帝王本位，牺牲大多数人的幸福以谋少数人的尊荣。前者是扶殖主人，后者是训练奴隶。

二、国民教育普及。作为一个健全的人的普通常识，即初中以下的教育，应使全民享受。

三、高级教育保护。高级教育应因材施教，杜绝一切特权，不使贫者被拒，而富者滥竽。

四、学艺研究自由。凡人民本位的思想有尽量阐发的自由，帝王本位的思想有尽力打击的自由。以真善美为目标，不能受任何有意的虚伪、歪曲、变态的钳束。

五、尊重学者，保卫师资。

六、国际协调。与进步的民主国家，保持协调的步骤，肃清法西斯思想，共策人类的和平。

二

　　法西斯式的思想统治是可以达到统治者所预期的效果的，德国和日本便是绝好的证明。

　　但这并不是统一思想而是同一思想，而且消灭思想。它使一切人民化为工具，化为野兽。这是人类文化的叛逆，为害于人民，更为害于世界，德国和日本也就是绝好的证明。

　　因而激起全人类对于人民本位的自由思想的保卫，以雷霆万钧之力，期于把法西斯式的思想统治彻底击破；这也就是目前世界战争的中心意义。

　　如从这后一点来看，要说法西斯式的思想统治终竟达不到统治者所预期的效果，也是可以的。

　　但，思想统治是顶危险的教育政策，不可菲薄视之。

　　满清入关后统治思想，使中国退化了三百年，现在都还在受着它的余痛。

　　德、日、意统治思想，使这一次的世界大战不知道流了好几千万人的血；而且在战争结束后，法西斯式思想的肃清怕还要费很长远的岁月的。

三

青年思想的领导，最好是诱发式的，感应式的，培养式的。

德育、智育、体育，各方面都要顾到。有健全的身体便容易有健全的思想，健全的品德。

目的在使每一个青年熟悉自由思想的法则，养成自由研究的习惯，发挥自由创造的精神。

给予以丰富的养料，美好的环境，高尚的师资。

废除剪刀绳索式的盆栽主义。

废除脚带腰缠式的畸形主义。

废除髡首阉割式的奴才主义。

一句话归宗，让青年自由自在的发展便是最好的领导。

不要使青年很快的便化成老年，却要使老年能很快的再化为青年。

未老先衰，老而不死，是最危险的东西。

与其让思想领导青年，无宁让青年领导思想。

1944年5月24日

生活的艺术化
——在上海美术专门学校讲

　　今夜的讲题为《生活的艺术化》。提到这个题目，各位一定会联想到英国的19世纪末期的唯美主义的运动上来。他们的主张就是要用艺术来使我们的日常的生活美化的。那很有名的王尔德（Oscar Wilde），他便是这项运动中的一位健将。他曾经穿着很奇怪的服装，在伦敦街市上游行，逗得当时的人们注目，这是大家都知道的。他这当然也是一种"生活的艺术化"，不过是偏于外部生活去了。我今晚所说的与此稍微不同。我的意思是要用艺术的精神来美化我们的内在生活，就是说把艺术的精神来做我们的精神生活。我们要养成一个美的灵魂。

　　那么，艺术的精神究竟是什么呢？现在我们先从艺术讲起吧。各位都是知道的，艺术有"空间艺术"和"时间艺术"两大类。譬如，绘画所含者有平面，有长有阔（2 Dimensions①）；雕刻、建筑所占者为立体，有长有深远有深度

---

　　① Dimension，英文，意思是度数或维数。二度或二维，指平面；三度或三维，指立体。

（3 Dimensions），这都是属于空间的。其次如舞蹈、音乐、诗文，是时间上的表现，故属于时间艺术。古时的人多趋重时间艺术，而轻视空间艺术，如希腊的司美的女神有九个①，但所管者仅舞蹈、音乐、诗文三种。至于建筑、雕刻、绘画则无神司其事。就是后来的德国哲学家黑格尔（Hegel）②，他把艺术分为几种等级。他以所含观念的多寡定它们等级的高下。他的等级是：建筑、雕刻、绘画、舞蹈，音乐、诗文（依次升级，诗文最高）。本来照现代的时空论上说来，时间和空间原是相互关系而存在的，绝对不能划然分开。空间艺术和时间艺术的这样分别，乃至要勉强的定出高下的等级来，只算得是历史上一件有趣的事罢了。近代艺术已把这种无谓的分别打破了。如英国的裴德（Walter Pater）③的《文艺复兴》（*Renaissance*）上有句话说得好："一切的艺术都趋向于音乐的。"这便是说一切空间艺术打破了静的空间的界限，趋向于动的方面。譬如

---

① 希腊神话中，管文艺的女神有九个，通称缪斯（Muses）。她们都是宙斯和记忆女神的女儿。其中卡利俄珀（Kalliope）管叙事诗，忒耳西科瑞（Terpsichore）管舞蹈，塔利亚（Thalia）管喜剧，欧忒耳珀（Euterpe）管音乐与诗歌，波吕许尼亚（Polyhymnia）管颂神赞歌，克利俄（Klio）管历史，埃拉托（Erato）管抒情诗，墨尔波墨（Melpomene）管悲剧，乌拉尼亚（Urania）管星宿与纯洁之爱。

② 黑格尔（Georg Wilhelm Friedrich Hegel，1770—1831），德国哲学家。著有《法哲学原理》《历史哲学讲演录》《美学讲演录》《逻辑学》等。

③ 裴德（Walter Horatio Pater，1839—1894），通译佩特，英国作家、文艺批评家。著有《文艺复兴史研究》等。

现代绘画中的后期印象派、未来派、表现派，我们都可以看出他们在努力表现动的精神。未来派画马不画四只脚要画二十只脚，画运动不画成直线要画成三角形，这都是动的精神的表现。看来，西洋的绘画是由静而动，动的精神便是西洋近代艺术的精神。从这一点来说，我觉得中国的艺术实在比他们先进了。那很有名的南齐的谢赫，他所创的画的六法，第一法便是"气韵生动"。这便与西洋近代艺术的精神不谋而同。动就是动的精神，生就是有生命，气韵就是有节奏。唐朝的王维，这是谁也知道的，他是个诗人，也是个画家。人们称他的诗中有画，画中有诗。不过我觉得诗中无画，还不十分要紧，因为诗最重节奏，就是要"气韵生动"。如果画中无诗，那就不成其为真的艺术了。我们说画中有诗，并不是说画中有甚么五言诗、七言诗或四言诗，乃是指画中含有诗意。这诗意便是"气韵生动"。

凡是"气韵生动"的画，才是一张真的画；因为艺术要有动的精神，换句话说，就是艺术要有"节奏"，可以说是艺术的生命。何以我们不重视照片而重视绘画？又何以我们不重视报纸上的新闻而重视诗词和小说？其原因就在这里。

从古到今的诗人画家，很多很多，而不朽的大诗人，大画家，却又为什么只有这几个呢？那便是艺术的生命不容易把捉的原故。艺术的生命究竟怎样才可以把捉？这实是一件很难说明的事。一般人因其难以说明，便把他归于"天才"。批判哲学的开山始祖康德（Kant）也说："艺术即天才之作品。"
但是天才又是什么呢？是天上落下来的吗？是生来便与人不同
吗？近代精神分析学家龙卜罗索（Lombroso）说，天才就是疯
子！这也和说天才就是"天才"一样，同一莫名其妙。其实天
才并不是天生成的，也不是甚么疯子，仍旧和常人没有两样，
不过我们不曾探求得它的秘密罢了。《庄子》上有段很有趣的
故事，我可以抄引下来：

　　　梓庆削木为𬬊，见者惊若鬼神。鲁侯见而问焉，曰：
"子何术以为焉？"对曰："臣，工人，何术之有？——
虽然有一焉：臣将为𬬊，未尝敢以耗气也，必斋以静心。
斋三日，而不敢怀庆赏爵禄。斋五日，不敢怀非誉巧拙。
斋七日，辄然忘吾四肢形体也。当是时也，无公朝。其巧
专而外骨消。然后入山林，观天性。形躯至矣，然后成。
见𬬊，然后加手焉。不然，则已。"[1]

　　　（《周礼·冬官考工记》："梓人为笋虡。"𬬊字就
是这个虡字。梓人即雕刻师。笋虡是钟磬之架，横柱曰
笋，竖柱为虡。上面刻有虎豹、飞禽、龙蛇等形象）

这一段文字，我以为可以道尽一切艺术的精神，而尤其重

_____

　　① 语见《庄子·达生》。

要的，便是其中的"不敢怀庆赏爵禄，不敢怀非誉巧拙，辄然忘吾四肢形体也"这几句话。这便是天才的秘密，便是艺术的生命所在的地方。我们的艺术家，如果能够做到这一步，就是能够置功名、富贵、成败、利害于不顾，以忘我的精神从事创作，他的作品自然会成为伟大的艺术，他的自身自然会成为一位天才。所以我说天才不是天生成的，也不是疯子，他并没有甚么秘密。他的秘密就在前面说过的这几句话里面。德国哲学家萧本华（Schopenhauer）[1]说，天才即纯粹的客观性（Reine Objektivitat）[2]，所谓纯粹的客观性，便是把小我忘掉，溶合于大宇宙之中，——即是无我。

艺术的精神就是这无我，我所说的"生活的艺术化"，就是说我们的生活要时常体验着这种精神！我们在成为一个艺术家之先，总要先成为一个人，要把我们这个自己先做成一个艺术！我们有了这种精神，发而为画，发而为诗，自然会有成就；即使不画画，不做诗，他的为人已经是艺术化了。无论政治家、军人或其他，倘若他们的生活都具有艺术的真精神，都以无私无我为一切生活的基本，那么这个世界便成了一个理想的世界了。至于艺术上的技巧，如诗之音韵、画法之远近、音乐声调之高低，人人都可以学习得到，但也当以无我的态度进行学习。

----

① 通译叔本华。

② 参见叔本华《文学的艺术》。人文书店1933年版第197～199页。

上面唱了一大篇的高调，各位听得很吃力吧。现在我要再唱一点低调了。德国大诗人歌德（Goethe）有篇诗叫做《歌者》（*Der Sanger*）。这是一篇小型叙事诗。那诗里是叙述一个国王一天坐在堂上，听见外面有个歌者，唱得非常动听。于是便把他招至堂上。王的堂上非常的壮丽，好像今天在此地一样，有雄赳赳、气昂昂的男士们，有美貌的女士们。歌者见了，赞颂了一番，于是闭着眼睛不敢仰望那堂上的众明星，便调好声音高唱。他唱完之后，堂上的听者皆被感动，王便赠他一只金杯作为报酬，他却辞谢不受。他说："你把这杯赠与武士吧，他们能在疆场上为王杀敌；你把这杯赠与财政大臣吧，他能为王生息再赚几个金杯；至于我呢？"他说出了下边的几句诗。我觉得很好，我今天晚上所讲的魂髓便在这儿。我把它念出来，同时作为我今天晚上的讲话的结尾。

Ich singe, wie der Vogel singt,

Der in den Zweigen wohnet;

Das Lied, das aus der Kehle dringt,

Ist Lohn, der reichlich lohnet.

我站立在这儿清讴，

好像只小鸟儿唱在枝头；

歌声迸出自我的歌喉，

这便是我无上的报酬。

我们的文化

世界是我们的，未来的世界文化是我们的。

我们是世界的创造者，是世界文化的创造者，而未来世界，未来世界的文化已经在创造的途中。

创造的前躯是破坏，否，破坏就是创造工程的一部分。

鸡雏是鸡卵的破坏者，种芽是种核的破坏者，胎儿是母胎的破坏者，我们是目前的吃人世界的破坏者。

目前吃人的世界，吃人的文化，是促进我们努力破坏的动机，也是促进我们努力创造的对象。

旧的不毁灭，新的不会出来，颓废的茅屋之上不能够重建出摩天大厦。

以吃人的世界、吃人的文化为对象而从事毁灭，这当然是有危险的事；惟其有危险，所以我们的工程正一刻也不能容缓。

世界已经被毒蛇猛兽盘据，当然的处置是冒犯一切危险与损失，火烧山林。

世界已经有猛烈的鼠疫蔓延，我们只有拚命的投鼠，那里还能够忌器？

和毒蛇猛兽搏斗的人多死于毒蛇猛兽，和鼠疫搏斗的人也多为鼠疫所侵害，这正是目前社会所不能掩饰的不合理的悲剧；然而这儿也正是我们的世界，我们的文化的精神中枢。

我们的精神是献身的。

我们的世界是我们的头颅所砌成，我们的文化是我们的鲜血的结晶。

长江是流徙着的。流过巫山了，流过武汉了，流过江南了，它在长途的开拓中接受了一身的鲜血，但终竟冲决到了自由的海洋。

这是人类进化的一个象征，这是人类进化的一个理想。

人类是进化着的，人类的历史是流徙着的。

人类的整个历史是一部战斗的历史，整个是一部流血的历史。

但是历史的潮流已经快流到它的海洋时期了。

全世界的江河都在向着海洋流。任你怎样想高筑你的堤防，任你怎样想深浚你的陂泽；你不许它直撞，它便要横冲；你不许它横冲，它便要直撞。

你纵能够使它一时停滞乃至倒流片时，然而你终不能使它永远倒流向山上。

在停滞倒流的一时片刻中，外观上好像是你的成功，然而你要知道在那个时期以后的更猛烈、更不容情的一个冲决。

谁能够把目前的人类退回得到猩猩以前的时代？

谁能够把秦始皇帝的威力一直维系到二十世纪的今天？

河水是流徙着的，我们要铲平阻碍着它的进行的崖障，促进它的奔流。

历史是流徙着的，我们开拓历史的精神也就是这样。

中国的历史已经流了三千年了，它已经老早便流到世界文化的海边。

然而不幸的是就在这个海边，就在这个很长的海岸线上，沿海都是绵亘着的险峻的山崖。

中国的历史是停顿着了，倒流着了，然而我们知道它具有不可限量的无限大的潜能。

我们的工程就在凿通这个山崖的阻障。由内部来凿通，由外部来凿通，总要使中国的历史要如像黄海一样，及早突破鸿蒙。

有人说我们也在动，我们也要冲，但我们是睁开眼睛的，不能像你们那样"盲目"的横冲；我们要等待"客观条件的成熟”。

“我们的慰安是尺寸的进步，是闪烁的微光。”

好的，真正是你的慰安呀，别人为你准备好的客观条件已经快要成熟了。

为你这对可爱的三寸金莲已经准备下三千丈长的裹脚布，让你再去裹小一些，好再走得袅娜一点。

为你这个标致的萤火虫儿已经准备好了一个金丝笼子，让你在那儿去慰安，让你也在那儿去进步，让你尾子上的一点微光在那儿去闪烁。

哼，真是不盲目的腐草里面生出的可怜虫！

宇宙的运行明明白白是摆在眼面前的，只有盲目的人才说它是“大谜”。

宇宙的内部整个是一个不息的斗争，而斗争的轨迹便是进化。

我们的生活便是本着宇宙的运行而促进人类的进化。

所以我们的光热是烈火，是火山，是太阳；我们的进行是奔湍，是弹丸，是惊雷，是流电。

在飞机已经发明了的时候，由上海去到巴黎有人叫你要安步以当车，一寸一尺的慢慢走去。

在电灯已经发明了的时候，在这样个暴风狂雨的漫漫长夜，有人叫你要如像艾斯基摩（Eskimo）人一样死守着一个鱼油灯盏，要用双手去掩护着它，不要让它熄灭。

这种人是文化的叛逆者，是自然法则的叛逆者，同时也就是我们当前的敌人。

所以我们的口号是：世界是我们的。

我们要凿通一条运河，使历史的潮流赶快冲到海洋。

我们已经落后得很厉害了，我们要驾起飞机追赶。

我们要高举起我们的火把烧毁这目前被毒蛇猛兽盘踞着的山林。

担负着创造世界的未来的人们，我们大家团结起来。

我们同声的高呼：我们要创造一个世界的文化，我们要创一个文化的世界！

[注] 本文中所征引的"盲目"与"大谜"诸说系采自中华文化合作社的一位匿名作者的小册子《我们的思想系统及主张根据》。我看这位作者的"思想"，其实并没有"系统"，"主张"也并没有"根据"，不过在反动、正动的两种力量中主张第三种的不动而已。

国画中的民族意识

古代名画家中不乏民族意识浓烈的人。

有名的《心史》的作者郑所南，在南宋灭亡后，画兰露根不着土，表明大宋的疆土已经没有了。他有一首很痛快的诗，把这层意识说得很明白：

> 纵使圣明过尧舜，毕竟不是真父母；
> 千语万语只一语，还我大宋旧疆土！

和这遥遥相映的是元朝末年的王冕。这位豪放的天才画家，在朱元璋造反时，他曾经做过他的咨议参军，革命性也可以说是很强烈的。他喜欢画梅，在画上也题过这样一首同样痛快的诗：

> 猎猎西风吹倒人，乾坤无处不生尘；
> 胡儿冻死长城下，始信江南别有春。

元人统治了中国的疆土将近一百年，然而统治不了的是中国人的心，由这些画人的诗不是明白地表明着的吗？

明朝灭亡后的那位八大山人，可以说是尤其奇特的了。他装哑一辈子，卒至郁郁以死。人们说他狂了，其实他何尝狂。他在绘画中不仅是一代巨擘，且长于书法，据说"有诗数卷，秘不示人"。诗是失传了，现今仅存的是《题山水画》的一首七绝：

> 郭家皴法云头少，董老麻皮树上多；
> 想见时人解图画，一峰还写宋江河。

请反复读这首诗吧，你可以认为他真是有点狂疾吗？不，绝对的不！假使容许我们作更进一层的了解的话，倒可以悟出南宋以后的中国画，尤其山水画，为什么酝酿成了一种回避现实的倾向的主因。

画山水，应该就是顶现实的画材了。山是此山，水是此水，在人类史开幕以来的几千年内没有什么变更。然而就连这样的题材，在南宋以来的画人都成为回避现实的遁逃薮了。因为在这山水中点缀着的人物衣冠、楼台建制，都十分地可以表现着时代。

在这儿，元末四大家、清初四大僧，以及所谓"四王"，他们在山水画上的倾向差不多是一致的，便是人物必古衣冠，楼台必古建制。这到后来一直便成为了定型。凡是画山水的人，直到今天差不多都还脱不掉这个窠臼。

我们简单地斥为逃避现实，认真说倒是有点冤枉古人的。那些有山河之痛的古人，所以酝酿成了这样的一种倾向，倒是出于极现实的深刻的民族意识呵！

后人把这民族意识忘记了，而只拘守着那逃避现实的皮毛，倒是极可悲悯的事。

不过我们倒也不能专门指责国画家；要说国画仅学着古人的皮毛，新的美术又何尝不是仅学着西洋人的皮毛呢？更说宽一点，不仅画家是这样，举世滔滔，不都是在学西洋人、尤其美国人的皮毛吗？

要紧的是民族意识的觉醒，尤其人民意识的觉醒，但请留心，这决不是排外，也决不是复古。

1947年9月6日

兵不管秀才

近来听说有人做了一篇文章主张"秀才管兵"，作为军队国家化的过渡办法，主张把国共两党的军队都交出来由三位大学校长带管，听候裁编。原文我还没有拜读，只是间接地从别人的文章里面看到了这样的大意。听说又有人斥为"书生之见"。不错，这确实是不折不扣的"书生之见"。但"书生之见"在今天不能算是侮辱，要算是凤毛麟角的理想了。今天的中国究竟有好几位真正可以配称为"书生"？又有好几位"书生"敢于还有"见"？又有好几"见"还敢于见见世面呢？

"秀才管兵"在别的国家乃至在中国的历史上并不稀奇，而在今天的中国却成了"书生之见"，此其所以为稀奇。行不通倒是可以保证的。共产党的军队要交出来让秀才管，大约不成问题，因为共产党的将领有好些似乎并不是武将出身。但是国民党的军队，说要交出来让秀才管，那恐怕就有点类似神话了。今天我倒很想让一点步，并不想真正让秀才去管兵，而是要迫切的请求"兵不管秀才"。

兵管秀才是北洋军阀袁世凯所遗留下来的恶政，只要有枪杆子便一切事情都可以管。一直到今天，军人万能可以说是到了顶点。"学生有开会的自由，我便有开枪的自由"，小小一个关麟征①，这口气倒比法国皇帝路易十四的"朕即国家"还要大。生杀由我，好不威风！

但是这些"有开枪的自由"的土皇帝们却是万能而一不能。一不能的是什么？就是管兵！打国仗的时候，你们看，不是处处打败仗吗？草木皆兵，望风而逃，一逃比孙悟空翻筋斗还要快。在那时候却是一点"开枪的自由"都没有了。

真是谈何容易，管兵！今天管兵的人有好几位真正读通了《孙子兵法》？又有好几位能从原文或译文也好，去接近过克劳塞维兹②？能够理解并操纵新兵器的有好几位？懂得什么是构成飞弹或原子弹的原理？这些都是言之过高。试问中国有好的国防地图没有？中国的马种是否已经改良？兵役上的毛病是否已经铲除干净？大兵们没有饿饭吗？有草鞋穿吗？本行内的事根本是一塌胡涂，却偏偏要管到行外来，而且行行都要管。"军人第一，军事第一"，竟成为了军人专政的护符，实在是值得痛心的事。

今天的口号应该是"军人管兵第一，军事卫民第一"。秀才还不便越俎代庖，军人理应少管闲事。应该要求把军与政划

---

① 是"一二·一"惨案中的一名主犯，当时他担任云南省警备总司令的职务。

② 克劳塞维兹（Clausewitz，1780—1831），普鲁士军人，19世纪第一流战术理论家。

分，把军人的权柄缩小。现役军人不能干政，一切有军籍的人不许有任何党籍，军政与军需划分开来，应该组织个别的委员会来统筹支配。

要做到军与政划分，然后兵也才有法可管，管的人也才不出毛病。假使军与政不划分，那么即使让秀才来管了，那些秀才们也可以摇身一变而成为军阀。袁世凯、吴佩孚不是秀才吗？希特拉不是一位蹩脚画家？墨索里尼不是一位马路记者？然而他们一有兵权在手里的时候又怎么样了呢？

所以我想作一个让价的呼吁，在要求"秀才管兵"之前，先要定下严厉的禁制："兵不管秀才！"

1945年12月27日

我如果再是青年

　　青春的时代和我永远告别了。尽管别的人有时还称赞我很年青，或者甚至说比年青人的精力还要饱满，我自己也尽可以存心保持自己的一切青春化，尽力和老气斗争，然而毕竟把青年的种种美德逐渐丧失了。

　　尽管你怎样倔强，第一在肉体上的侵袭，你就无法抵抗。一切的动作不再如从前那样灵活了。无论循环系统、消化系统、呼吸系统、神经系统，一切体内的机构，就像上了年代的钟表一样，失掉了它们的滑泽。这无论如何是不可抵抗的。你能够使你的头发不白，你能够使你的牙齿不落，你能够使你的皮肤不失掉弹性吗？

　　有的学者在苦心着想发明返老还童的方法，这方法在将来或许总有发明的一天吧，但老者必须向童年返还，足见人人所景仰的还是自己的青春。

　　　　啊，请把我那少年时代还来，
　　　　在那时有诗的涌泉喷涌新醅，
　　　　在那时有雾霭一层为我遮笼世界，

未放的蓓蕾依然含着奇胎。

在那时我摘遍群花，

群花开满山谷。

我是一无所有而又万事具足。

我向现实猛进，又向梦境追寻。

请整个地还我那冲动的本能，

那深湛多恨的喜幸，

那憎的力量，爱的权衡，

还我那可贵的，可贵的青春！

　　这是诗人歌德在《浮士德》悲壮剧的序幕中，借着舞台诗人的口所表达出来的返老还童的愿望。这当然过于诗化了一点，但脚大爱小鞋，脸上失掉了光彩的姑娘们喜欢用摩登红，不必一定要秦始皇、汉武帝那样有权势的人才有愿望，要企图长春不老的。

　　怎么办呢？

　　仙人想吃空气和云霞，魏、晋时代的人吃过石粉，如今的人吃酸牛奶，但有什么用处？提倡吃酸牛奶的梅奇尼珂夫教授不是早已经和秦始皇、汉武帝一样成为了故人吗？

　　青春不再来——在目前依然是无可如何的铁则。权力把它无可如何，科学也还是把它无可如何。正因为这样，一个人到了觉得他的青春值得宝贵的时候，青春已经不在手里了。谁也免不得要以无望之望来系念着已经走远了的青春。

迟了，我这也只是无望之望——假如我能够再是青年。

我假如能够再是青年，我首先一定要警惕到：青春是容易消逝的，不要把自己的青春拿来浪费。

青年要学习捍卫自己，确实是不很容易的事。要使自己的身体更强壮些，使自己的学识打下很坚实的根底，使自己的精神不为恶社会自私自利的浊浪所沾染，所摇荡，这很容易办到吗？我年青时候就没有办到。

年青人有的是健康，因而他也就浪费健康。到了觉得健康值得宝贵的时候，那犹如已经把钱失掉了的败家子，是已经失掉健康了。当然保持或增进健康也并不是最终的目的，而是要你的健康能有更有效更有益的使用。无意识的浪费，那确实是败家子的行为，我自己年青的时候就做过这样的败家子。

年青人一方面浪费自己的健康，一方面又仗恃着自己还年青，大抵每一个人在享乐上是今天主义者，在用功上是明天主义者。应该读的书，应该充实的基础知识，应该做或不做的事情，总是推到明天。"何必着急呢？马虎一点吧，明天还可以搞得通。"明天推后天，后天推大后天，习惯性成，一直就把人推到了坟墓的门前。现在明白了，后悔了，然而来不及了。假使年青的时候，把学识的基础打得更坚固，自己总不会这样的无能吧。

学习了一身自私自利的不良习气，虽然明明知道自我牺牲的精神是很崇高的，利他主义是人类社会的韧带并促进进化的契机，然而个人主义的观点和行为，就跟三伏天的臭虫一样，费尽力气也不容易除掉。嘴巴是一套，手足是另一套。笔杆是一套，脑细胞是另一套。结果成为一个口是心非、言行不能一致的伪善者或两面人。嘴巴和笔杆越前进，伪善的程度便越彻底。路走错了，回头去吧，已经到了墓门。糟糕，一辈子完了！伪善的尽头便成为真恶！

但年青人总须得有人帮助。自己不容易操持自己，如有善良的导师能够帮助引路，那是青年人的幸福，也是社会的幸福。我们在年青的时候，可惜也并没有得到那样的领导，而今天负有领导青年的责任的人，却完全朝着错的路向在领。我们希望年青人永远年青，而今天的路向是使年青人赶快年老。纵欲者值得嘉奖，刻苦者形迹可疑，没有把青年作为独立的栋梁而培植，而是把青年作为娱目畅怀的盆栽。当然，盆栽有时也有必要，只要娱公众之目，畅公众之怀，公园里的花木不也同样值得宝贵么？然而今天的盆栽是案头供奉，而公园却塞满了瓦砾和粪便。

年青人在这样的情形下怎么办？实在是难。我是相信良心的人，人是谁都想向善的，只因有障碍挡他，他才止步，或者往后退。自己随身带来的个体兽欲的惰性，又受着集体兽欲的惰性在领导。不把人当成人，只把人当成兽。你能够甘心吧？谁也不会甘心！那吗谁也就应该克服这种兽欲的惰性。自己克服，相互克服，集体克服。

应该不要忘记，多少青年是连物质的生存都还不容易持续的，当然更说不上精神上的教养。这又是谁的罪？我们也听见过"人溺己溺，人饥己饥"那样的话，试问有谁实际做到过？口有余而行相反者是骗子，心有余而力不足者是懦夫。我如果再是青年，我不愿意再成为骗子，也不愿意再成为懦夫。为了自己，为了青年，为了千千万万的后代，我们不能够容忍再有骗子和懦夫的存在。

1945年5月28日

《娜拉》的答案

　　易卜生的名剧，处理妇人问题的《娜拉》，一名《玩偶家庭》，描写一位觉悟了的女性娜拉，离开了伪善的丈夫，抛别了她所不能负责的儿女，由玩偶的家庭里逃出来了。由被人所玩弄的木偶，解放为独立自主的人。

　　《娜拉》一剧是仅在娜拉离开了家庭而落幕的，因此便剩下了一个问题：娜拉究竟往哪里去？

　　关于这个问题的答案，易卜生并没有写出什么。但我们的先烈秋瑾是用生命来替他写出了。

　　秋瑾在廿五岁前也曾经过一段玩偶家庭的生活。她家世仕宦，曾适湘乡王氏，并曾生子女各一人。但她在庚子那一年，似乎就和她的丈夫宣告脱离了。

　　她的女友徐自华为她所做的《墓表》上说：

　　　　自以与时多忤，居常辄逃于酒。然沉酣以往，不觉悲歌击节，拔剑起舞，气复壮甚。所天故纨袴子，至是竟不相能。值庚子变乱，时事益亟，君居京师见之，独慨然太息曰：人生处世，当匡济艰危，以吐抱负，宁能米盐琐屑终其身乎？

这正是43年前不折不扣的中国的娜拉。她不愿以"米盐琐屑终其身"，其实也正是不愿和"不相能的纨袴子"永远过着虚伪的生活。她有《述怀》诗一首，不知道是什么时候做的，但从那内容看来，似乎所"述"的就是这时会的"怀"。

> 又是三千里外程，故乡回首倍关情。
>
> 高堂有母发垂白，同调无人眼不青。
>
> 懊恼襟怀偏泥酒，支离心绪怕闻莺。
>
> 疏枝和月都消瘦，一枕凄凉梦未成。

这诗，在她好些悲歌慷慨的遗著中，我觉得，是最值得击节的一首。她的丈夫王廷钧是以捐纳出身，在北京做小京官，当然不是"同调"。她的"懊恼襟怀"，她的"支离心绪"，在毫无情爱的夫妇生活里面，正可以得到充分的说明。而且一方面目击着破碎的河山，一方面又有难于割舍的儿女，对于一位敏感而热情的女诗人，在她未能得到彻底解决之前，暂时只能借酒来作为逃避，这也是可以使我们谅解的。旧式的中国才女处到这样的人生悲剧，为伦常观念所约束，便每每自暴自弃，以郁郁终老。秋瑾的初年很显明地也就是这样的一位牺牲者。但她终于以先觉者的姿态，大彻大悟地突破了不合理的藩篱，而为中国的新女性、为中国的新性道德，创立了一个新纪元。她终于抛别了那种不合理的家庭，而清算了自己的"懊恼襟怀"和"支离心绪"。在四五十年前，中国已产生了这样一位勇敢的女性，单只这一着已经就足以使我们赞美，而毫不夸大的可以称之为革命家的。

但秋瑾的革命性并未止于此，她这位逃出了厨房的娜拉，并没有中途屈服，又逃回到厨房去。

> 至甲辰夏，遽脱所御章服及裳佩之属，悉赠诸芝瑛，向东赴日本留学焉。会中山先生方创同盟会于江户，以君抱负宏远，首邀之入会。……日以物色人材为职志。江浙志士与君相识者，咸由君介绍入同盟会，而同盟会乃大张。间又与诸女士重兴共爱会，而己为之长。

这是陈去病所做的《秋瑾女侠传略》里面所叙述的秋瑾离开了家庭以后的初期情形。

我们单看她"脱所御章服及裳佩之属"，通同赠给她的女朋友吴芝瑛，也就活鲜鲜地表现着一个女性解放者的面目了。秋瑾有《敬告姊妹们》一书，里面有这样一段相当巧妙的文字：

> 唉！我的二万万女同胞，还依然黑暗沉沦在十八层地

狱，一层也不想爬起来。足儿缠得小小的；头儿梳得光光的；花儿朵儿，扎的镀的，戴着；绸儿缎儿，滚的盘的，穿着；粉儿白白，脂儿红红的擦抹着。一生只晓得依傍男子，穿的吃的全靠男子。身儿是柔柔顺顺的媚着，气虐儿是闷闷的受着，泪珠儿是常常的滴着，生活儿是巴巴结结的做着。一世的囚徒，半生的牛马！……这些花儿朵儿好比玉的锁，金的枷；那些绸儿缎儿好比锦的绳，绣的带；将你束缚得紧紧的。那些奴仆，直是牢头禁子，看守着；那丈夫，不必说就是问官狱吏了：凡百命令，皆要听他一人喜怒了。

这在三四十年前不用说是很新鲜的文章，然而就在目前似乎也还是没有失掉它的新鲜味。目前有好些新女性，足儿是不小了，然而跟儿却是高了；头儿是不光了，然而发儿却是烫了，一切"玉的锁，金的枷"，一切"锦的绳，绣的带"，似乎仅仅改变了些形式和花样，只是"束缚"得更加摩登了。我们现在读到40年前的先觉者的话，似乎也可以更发出一番深省吧？

大凡一个先觉者，在要打开一代的风气的时候，由于蓄意反抗，每每要表示得矫枉过正。秋瑾的爱着男装，爱骑马，爱带短剑，爱做慷慨激昂的诗，甚至连字改竞雄，都要充分地表示其男性，便是很明显的事例。不过她也并不是纯趋于感情的反抗，而故意的"裂冠毁裳"，她的革命行动却有沉深的理性以为领导。她知道女子无学识技能，总不能获得生活的独立，所以她便决心跑到海外去读书。她也知道妇女解放只是民族解放和社会解放中的一个局部问题，要有民族的整个解放、社会的整个解放，也才能够得到妇女的解放，故尔她参加了同盟会的组织。这些可以说都正是秋瑾的更有光辉的一面。她并不是感情的俘虏，而是感情的主人。她的热烈而绚烂的感情生活的表现，是有着理智的背光。唯其这样，所以她终能够杀身以成仁，舍生而取义，把自己的生命殉了自己的主张了。关于这一点，她的最亲密的女友如徐自华、吴芝瑛辈，虽然十分同情她，为她尽了表彰的能事，但却并未能了解她。她们所做的《墓表》，一面在替她叫屈，"哀其狱之冤，痛其遇之酷"，一面又在微微责备她不能明哲保身："徒以锋棱未敛，畏忌者半，呜乎，此君之所以死欤？"似乎也就是所谓燕雀与鸿鹄之别了。最值得注意的是章太炎的《秋瑾集序》，对于秋瑾也有"微言"，责备她"言语无简择""卒以漏言自陨"，而真以剑仙相期许。虽是出于"惜"，恐亦未必是出于真知吧？

秋瑾和徐锡麟通谋是事实，在当时曾经有组织地联络各地旧有的秘密结社，并编制光复军也是事实，因经验不足，致事机不密，此乃初期革命者之常情。然在革命初期总须得有一二壮烈的牺牲以振聋发聩，秋、徐二先烈在这一点上正充分完成了他们作为前驱者的任务。为革命而死乃是求仁得仁，何

"冤"之有，亦何"惜"之有？

组织共爱会一事又表现着秋瑾的理智活动的另一面。这也表示着她并不是专以粗暴为豪的革命家，而是在革命事业当中，没有忘记女性所适宜于担负的任务的。我们请看她所翻译的《看护学教程》的序吧。

> 慈善者，吾人对于社会义务之一端也。吾国群理不明，对于社会之义务缺陷良多，独慈善事业尚稍稍发达。曩岁在东，与同志数人创立共爱会。后闻沪上女界亦有对俄同志会之设。会虽皆未有所成，要之吾国女界团体之慈善事业则不能不以此为嚆矢。它日者，东大陆有事，扶创恤伤，吾知我一般姊妹不能辞其责矣。兹编之译，即本斯旨。

观此可知共爱会的宗旨实和奈丁格尔的红十字会相同。为准备"东大陆有事，扶创恤伤"而组织共爱会，而翻译《看护学教程》，这是何等的深谋远虑？东大陆有事，有何事耶？最主要的不外是将来的革命之事。在从事革命之先，早有救死扶伤之念，而"责"诸"一般之姊妹"。秋瑾用心之缜密周到，实在是不能不令人感佩。

脱离了玩偶家庭的娜拉，究竟该往何处去？求得应分的学识与技能以谋生活的独立，在社会的总解放中争取妇女自身的解放；在社会的总解放中担负妇女应负的任务；为完成这些任务不惜以自己的生命作牺牲——这些便是正确的答案。

这答案，易卜生自己并不曾写出的，但秋瑾是用自己的生命来替他写出了。

1942年7月10日夜